D1141012

Adolf Schröder

Das Kartenspiel

Roman

Schöffling & Co.

Erste Auflage 2001
© Schöffling & Co. Verlagsbuchhandlung GmbH,
Frankfurt am Main 2001
Alle Rechte vorbehalten
Satz: Reinhard Amann, Aichstetten
Druck & Bindung: Pustet, Regensburg
ISBN 3-89561-181-6

Das Kartenspiel

Der erste Tag

Der Gestank war eine Mauer, an der Markus abzuprallen schien. Er hörte die Tiere, bevor er sie sah. Eine geschwungene Treppe führte in das obere Stockwerk, von wo die Geräusche kamen, das Kratzen, das Fauchen, das Schreien.

»Sind Sie Herr Hauser?«

Markus hatte das Auto im Schatten der Kastanienbäume abgestellt. Die Villa lag weit zurück. Die Pforte hing schräg in den Scharnieren, sie war nicht verschlossen. Er war durch den Garten, über halb in die Erde eingesunkene Platten gegangen.

»Ja«, sagte Markus.

Beim Näherkommen hatte er gesehen, daß alle Fenster der Villa verhängt waren. Sie öffnete die Tür, bevor er läutete.

»Kommen Sie herein.«

Sie trat zur Seite. Markus ging an ihr vorbei in die Diele. Durch die offene Tür fiel Licht auf ein an der Rückwand des Raumes hängendes Bild. Die Ölfarben leuchteten auf, dunkelbraun, schwarz, von fast nicht sichtbaren Rissen durchzogen.

Sie schloß die Tür. Als Markus sich umwandte, war der Platz, an dem sie gestanden hatte, leer. Sie hatte ihn allein gelassen. Er wagte nicht, sich zu bewegen. Als seine Augen sich an die Dunkelheit gewöhnten, sah er eine Katze, die auf der untersten Stufe der Treppe lag. Die Augen gebrochen, die Pfoten in der Bewegung erstarrt. Neben einer Vitrine, deren Scheiben Sprünge hatten, als hätte jemand Kieselsteine gegen das Glas geworfen, saß noch eine Katze. Schwarz, mit einem weißen Fleck auf der Brust, sie leckte sich das Fell.

Als Markus hinter sich ein Geräusch hörte und sich umwandte, sah er sie zurückkommen. Durch eine Seitentür, hinter der er die Treppe zum Keller vermutete, betrat sie die Diele. In der einen Hand trug sie einen Spaten, in der anderen Hand einen Plastikeimer.

»Helfen Sie mir«, sagte Selma Bruhns.

Sie ging zur Treppe, stellte den Eimer ab und hob den Katzenkadaver mit dem Spaten hoch. Sie ließ ihn in den Eimer fallen. Ein dumpfes Geräusch, das Markus erschreckte.

»Nehmen Sie den Eimer.«

»Sie verwest«, sagte er.

»Katzen sterben«, erwiderte sie und ging zur Tür. Markus rührte sich nicht, er konnte sich nicht überwinden, den Griff des Eimers anzufassen.

»Folgen Sie mir«, sagte sie.

Sie öffnete die Tür und ging die Stufen hinunter, die in den Garten führten. Markus hatte nicht gedacht, daß der Eimer so leicht war. Selma Bruhns stand neben der Treppe und wartete, bis er herauskam. Sie ging einen ausgetretenen Pfad entlang, der in den hinteren Teil des Gartens führte. Bei einer Buchenhecke, deren untere Äste blattlos waren, blieb sie stehen. Mit einer Kraft, die Markus nicht vermutet hatte, trat sie den Spaten in die Erde, bis das Loch tief genug war. Sie legte den Spaten beiseite und kam auf ihn zu. Unwillkürlich trat er einen Schritt zurück. Sie nahm ihm den Eimer aus der Hand, ging zu der Grube und ließ die tote Katze in die Erde fallen.

»Schaufeln Sie das Loch zu, und kommen Sie ins Haus«, sagte Selma Bruhns.

Ohne seine Antwort abzuwarten, wandte sie sich um und ging den Weg zurück, den sie gekommen war.

In der Arbeitsvermittlung für Studenten war alles wie immer gewesen. Der Raum, in dem sie warteten, war überfüllt, die Stühle und Bänke besetzt. Markus mußte stehen und lehnte sich gegen die Wand, gleich neben der Tür, wo der Tisch mit dem Kasten stand, aus dem jeder, der hereinkam, eine Nummer zog. Das Glücksspiel wiederholte sich Tag für Tag. Markus hatte die Nummer sechs bekommen. Er hatte eine Chance. Sie redeten, lachten, rauchten. Bekannte Gesichter, aber er hatte keine Lust, sich auf die immer gleichen Fragen und Antworten einzulassen. Er war froh, in seinem Rücken die Wand zu spüren.

»Markus, hast du Glück gehabt?«

Er zeigte ihm den Papierschnitzel, auf dem die Zahl sechs stand.

»Ich hau wieder ab«, sagte Rufus, »fünfundvierzig, nicht mein Tag.«

Sie hatten den ersten Job ausgerufen. Ein Fahrer für zwei Tage wurde gesucht, Stadtkenntnisse waren erforderlich. Den Auftrag bekam ein Student, der die Nummer zwei vorzeigen konnte. Auch die nächste Chance, Lagerarbeit, Stundenlohn fünfzehn Mark, verpaßte Markus.

»Leichte Büroarbeit für mehrere Tage, Stundensatz zehn Mark.«

Das war kein gutes Angebot, niemand meldete sich. Er hielt seine Nummer hoch.

»Kommen Sie herein.«

Markus hatte sich durch die anderen hindurchgedrängt und den Raum betreten, in dem die beiden Beauftragten des Arbeitsamtes sich ein provisorisches Büro eingerichtet hatten.

»Ihr Name?«

»Markus Hauser.«

Markus hatte ein vorgedrucktes Formular bekommen. Selma Bruhns, Kurfürstenallee 11 hatte in der Rubrik *Auftraggeber* gestanden.

»Frau Bruhns wird gleich noch einmal anrufen, wir kündigen Sie an.«

Ein mieser Job.

Markus muß im Vorzimmer warten.

»Setzen Sie sich. Der Kommissar wird gleich kommen.«

Die beiden Beamten haben der Sekretärin zugenickt und den Raum verlassen. Markus setzt sich auf einen Stuhl, der neben einem Aktenschrank steht. Ab und zu treffen sich ihre Blicke, wenn die Frau zu ihm hinübersieht und Markus, der ihren Blick spürt, den Kopf hebt. Sie sprechen nicht miteinander. Die Frau legt sich einen Bügel mit winzigen Lautsprechern über den Kopf und beginnt, auf der Tastatur des Computers zu schreiben.

Markus lauscht auf das Klacken der angeschlagenen Buchstaben. Er stellt sich vor, sie würde einen Bericht über ihn schreiben. Alter zweiundzwanzig, Größe einsdreiundachtzig, Haarfarbe rötlich, Augenfarbe grau, Intelligenzquotient nicht festgestellt, berufslos, gibt vor zu studieren, Lebensunterhalt aus Gelegenheitsjobs, alleinstehend, sexuell wahrscheinlich normal veranlagt.

Die Frau hört auf zu schreiben und nimmt ihre Kopfhörer ab.

»Es wird nicht mehr lange dauern«, sagt sie. Sie läßt das, was sie bisher geschrieben hat, ausdrucken und beginnt, es auf Fehler durchzusehen.

Als er zum letzten Mal die Villa von Selma Bruhns verließ, glaubte er, es geschafft zu haben. Noch einmal davongekommen zu sein.

»Wissen Sie, was der Kommissar von mir will?« sagt Markus. Es kommt ihm nicht darauf an, eine Antwort zu bekommen, es kommt ihm darauf an, eine Frage zu stellen.

»Es wird nicht mehr lange dauern«, wiederholt die Sekretärin.

Markus steht auf. Er hält es nicht mehr aus, bewegungslos auf dem Stuhl zu sitzen. Der Raum ist zu klein, um auf und ab zu gehen. Sowie Markus neben dem Stuhl steht, weiß er nicht mehr, was er tun soll. Die Sekretärin sieht ihn an, als sei sie gespannt, was er als nächstes machen wird. Ihre Gesichtszüge verändern sich nicht. Kein Lächeln, kein Stirnrunzeln.

»Wo sind die Toiletten«, fragt Markus.

»Auf dem Flur, die zweite Tür rechts«, antwortet die Sekretärin. Markus ist mißtrauisch geworden, er glaubt, in ihren Worten den Zweifel herauszuhören, daß er das Bedürfnis hat, die Toilette aufzusuchen.

»Ich komme gleich wieder«, sagt er.

Im Flur ist es kühler. Das Licht kommt aus flachen Lampen, die sich in regelmäßigem Abstand an der Flurdecke befinden. Rechts und links Türen. In Augenhöhe rechteckige Schilder mit Angaben über die Funktion der Räume. *Dezernat IV Berger*. Markus' Blick fällt auf ein Plakat, das in einem Glaskasten an der Wand hängt. Ein junger Mann in Polizeiuniform lächelt den Betrachter an. Eine Hand freundlich zum Gruß ausgestreckt, die Waffe an seinem Koppel sieht harmlos aus. Langsam geht er den Gang hinunter, bis er die Tür erreicht, auf der mit wenigen Strichen eine männliche Figur abgebildet ist. Bevor er die Tür öffnet, sieht er sich um. Das Gefühl, beobachtet zu werden, hat ihn nicht mehr verlassen, seit er dieses Gebäude betrat.

Am Waschbecken steht ein Mann, klein, fast zwergenhaft, mit einem kräftigen Körper, wodurch der Zwergwuchs noch betont wird. Markus kann sein Gesicht nicht sehen, da der Mann sich über das Becken beugt. Als er sich aufrichtet, treffen sich ihre Blicke im Spiegel.

»Herr Hauser, nehme ich an«, sagt der Mann.

Er hatte das Erdloch zugeschüttet und den Spaten mit einem Grasbüschel gereinigt. Der Lehm, der unter seinen Schuhsohlen klebte, machte seine Schritte schwer, als er auf das Haus zuging. Auch an der Rückfront waren alle Fenster verhängt. Die Glyzinien, die neben der Treppe, die auf die Terrasse führte, am Haus hochrankten bis unter das vorstehende Dach, waren verblüht. Markus roch den süßlichen Geruch der verwelkten Blütentrauben.

Als er den Hof neben der Terrassentreppe betrat, auf der Suche nach einem Platz, an dem er den Spaten abstellen konnte, hörte er sie rufen.

»Herr Hauser.«

Als hätte ihn die fremde Stimme, die seinen Namen aussprach, erschreckt, wurde sein Griff um den Spatenschaft fester. Er ging einige Schritte zurück auf den Garten zu, wieder hörte er sie rufen, blickte hoch und sah Selma Bruhns auf der Terrasse stehen.

»Stellen Sie den Spaten an die Hauswand, und kommen Sie herauf«, sagte sie, jetzt ihre Stimme senkend, so daß Markus Mühe hatte, sie zu verstehen.

Am Fuß der Treppe lag ein Eisenrost, auf dem Markus seine Schuhe säuberte, bevor er die Stufen hinaufging. Als er ihr gegenüberstand, spürte er seine Scheu, sie anzusehen, ohne zu wissen, ob es Widerwille war oder die Angst, ihre Blicke könnten sich treffen. Zum ersten Mal hatte er den Wunsch, alles rückgängig zu machen, die Verlosung in der Arbeitsvermittlung, seinen Handgriff, der die Nummer sechs aus dem Kasten gezogen hatte, sein freiwilliges Vortreten, als der Job ausgerufen wurde: leichte Büroarbeit für mehrere Tage, Stundensatz zehn Mark.

»Sie können sich die Hände waschen«, sagte Selma Bruhns. Ihre Stimme blieb ruhig und gleichmäßig. Ohne Betonung wurden die Worte aneinandergereiht, die zeitlichen Abstände zwischen den Worten blieben immer gleich, weder Freundlichkeit klang mit noch Ablehnung. Markus hatte für einen Augenblick das Gefühl, nicht vorhanden zu sein. Nicht vor ihr auf den Terrassenfliesen zu stehen. Niemals das Grab einer Katze zugeschaufelt zu haben. Nicht über die halb in der Erde versunkenen Steinplatten auf ihr Haus zugegangen zu sein.

Sie ging zur Tür, Markus, der nicht geantwortet hatte, folgte ihr. Sie betraten ein im Dämmerlicht liegendes Zimmer mit matt schimmerndem Parkettfußboden, nur ein Flügel und ein Klavierhocker standen vor der verhängten, sich nach außen rundenden Fensterfront. Sonst war das Zimmer leer. Keine Bilder. Aber helle Rechtecke auf der Tapete ließen erkennen, daß hier Bilder gehangen hatten.

Markus blieb dicht bei der Tür stehen, während sich Selma Bruhns auf den Hocker vor dem Flügel setzte und die Hände auf ihre Knie legte.

»Sie sollen meine Papiere ordnen. Hat man Ihnen das mitgeteilt?«

»Nein«, sagte Markus.

»Es ist leichte Arbeit. Kommen Sie.«

Sie stand wieder auf und ging durch das leere

Zimmer. Markus folgte ihr, ohne daß sie ihn dazu aufgefordert hätte. Sie verließen das Zimmer und kamen in einen auch im Halbdunkel liegenden Vorraum, wo Selma Bruhns auf eine Tür deutete, in der im oberen Viertel eine Glasscheibe eingelassen war. Markus öffnete sie und schaltete das Licht an. Es war das Badezimmer. Er ging hinein, schloß die Tür hinter sich, ohne sie abzuschließen. Er drehte den Wasserhahn auf und wusch sich die Hände. Dabei vermied er, in den Spiegel zu blicken. Über den Steinfußboden zogen sich Dreckschlieren. Auf das Weiß des Waschbeckens hatte sich eine graue, mit der Zeit fest gewordene Schicht gelegt, die sich pelzig anfühlte. Als Markus den Deckel der Toilette öffnete, schlug ihm ein muffiger Geruch entgegen, der aus dem Wasser aufstieg, das im Abflußrohr stand und auf dessen Oberfläche kleine Blasen schwammen. In dem Raum, der nur eine Lüftungsöffnung hatte, spiegelte sich das Deckenlicht in den gekachelten Wänden. Markus verließ das Badezimmer. Da er kein Handtuch hatte finden können, hatte er sich die Hände an der Hose getrocknet.

Selma Bruhns führte ihn durch mehrere Räume, schnell hatte Markus die Orientierung verloren, bis sie in der Diele standen.

»Hier ist es«, sagte sie und trat zur Seite. Markus blickte in einen fensterlosen Raum. Kein Tisch, kein Stuhl, nur drei Kisten standen in der Mitte der

Kammer. Sie waren aus Holz und mit stabilen Deckeln geschlossen, an denen Vorhängeschlösser angebracht waren.

»Die Papiere befinden sich in den Kisten. Ihre Aufgabe ist einfach. Sie müssen sie chronologisch ordnen nach dem Datum, das auf den Papieren vermerkt ist.«

Sie gab ihm diese Anweisung in dem gleichen Ton, in dem sie mit ihm auf der Terrasse gesprochen hatte. Nichts deutete darauf hin, daß sie eine Erwiderung erwartete.

»Die Schlüssel«, sie hielt ihm ein Schlüsselbund entgegen, »wenn Sie nach Hause gehen, verschließen Sie die Kisten wieder und geben mir die Schlüssel zurück.«

Selma Bruhns ließ ihn allein. Sie schloß die Tür, durch die er in das Treppenhaus und in die Diele gelangen konnte. Markus lauschte auf ihre Schritte. Als sie sich entfernt hatten, öffnete er die Tür der Kammer wieder und lehnte sie nur an, um zu hören, wenn sie zurückkam. Er schloß das Schloß der ersten Kiste auf. Der Deckel ließ sich nur schwer anheben. Die Scharniere waren verrostet. Ein Geräusch ließ ihn innehalten. Eine Katze wurde im Türspalt sichtbar, erst ihr Kopf, dann der Körper. Unter dem roten Fell die Rippen des abgemagerten Tieres.

Markus hat sich in eine der Kabinen eingeschlossen, die Wasserspülung betätigt und gewartet, bis er das Öffnen der Außentür und ihr Zuschlagen hört. Der Mann hat die Toilette verlassen. Markus dreht den Sperriegel um, öffnet die Zellentür, die Wände der Zelle erreichen weder den Boden noch die Decke, und geht zum Waschbecken. Er hält den Kopf unter den Wasserhahn, läßt kaltes Wasser über sein Haar laufen, richtet sich auf und streicht mit beiden Händen das nasse Haar zurück. Es klebt jetzt fest und kühl auf seiner Kopfhaut.

»Wie haben Sie Frau Bruhns kennengelernt?« fragt Berger.

Markus hat die Toilettenräume verlassen, ist über den Flur zurückgegangen in das Zimmer, in dem er gewartet hat. Die Sekretärin sieht ihn an, macht mit dem Kopf eine kaum wahrnehmbare Bewegung, deren Bedeutung Markus aber sofort versteht, und sagt, Kommissar Berger erwarte ihn.

»Durch die Arbeitsvermittlung für Studenten. Sie hat dort angerufen«, antwortet Markus.

Als er die Tür geöffnet hat, die in den zweiten Raum führt, sieht er, daß der kleine Mann am Fenster steht und ihm entgegenblickt.

»Es war also Zufall, daß gerade Sie zu Frau Bruhns gegangen sind.«

Berger hat, ohne ein Wort der Begrüßung zu sagen, auf den Stuhl gezeigt, der vor dem Schreibtisch steht. Auch Markus hat nichts gesagt. Er hat sich gesetzt und vermieden, daß sein Blick sich mit dem des Mannes trifft.

»Natürlich war es Zufall. Was sonst?« sagt Markus.

Mit trippelnden Schritten ist der Mann zu seinem Schreibtisch gegangen. Er hat sich mit einem Schwung, dem Markus die Routine ansieht, auf den etwas komfortableren Stuhl gesetzt, der hinter dem Schreibtisch steht. Sein Gesicht verrät nur eine distanzierte Freundlichkeit.

»Wozu brauchte Frau Bruhns Sie? Was für eine Arbeit sollten Sie tun?«

Die Stimme des Kommissars ist zu tief für seinen Körper.

»Ich sollte ihre Papiere ordnen«, antwortet er, »sie nannte es Papiere, aber es waren Briefe, Tausende von Briefen.«

»Tausende?« sagt Berger.

»Ich habe sie nicht gezählt.«

Als der Mann sich vorgestellt hat, hat Markus kaum zugehört. Jetzt, als er auf die nächste Frage wartet, versucht er, sich an den Namen zu erinnern.

»Was waren das für Briefe? Geschäftsbriefe? Liebesbriefe?«

Am ersten Abend, als Markus Selma Bruhns verließ und durch den Garten zur Pforte ging, war er stehengeblieben, hatte sich umgewandt und die Fenster der Villa beobachtet. Er hatte sich gewünscht, eines der Fenster würde sich öffnen. In seiner Phantasie war es der Mann, dessen Portrait in der Diele des Hauses hing, der das Fenster öffnete und zu ihm hinuntersah.

»Was waren das für Briefe?«

Der Schreibtisch ist viel zu groß für die kleine Gestalt. Nur der kräftige Körper des Mannes verhindert, daß Markus sein Anblick rührt.

»Briefe eben. Private Briefe«, antwortet er.

Markus sieht aus dem Fenster und wartet auf die nächste Frage. Berger schweigt. Es ist kein aggressives Schweigen. Markus empfindet es als Erlaubnis, die Kräne zu beobachten, die dem Polizeipräsidium gegenüber auf einer Baustelle stehen. Mit ihren weitausladenden Armen schwenken sie tonnenförmige Behälter über eine ausgehobene Grube. Wenn sie in der gewünschten Position sind, öffnet sich ihr Boden und eine graue Masse ergießt sich in die Verschalungen.

»Wollen Sie auch einen Kaffee?« sagt der Kommissar. Er steht auf, ohne eine Antwort abzuwarten, und geht durch den Raum zu einem Tisch, auf dem eine Kaffeemaschine und mehrere Tassen stehen. Neben dem Tisch befindet sich ein Waschbecken, darüber ein Durchlauferhitzer. Berger öffnet die Maschine, nimmt den benutzten Filter heraus und wirft ihn in den unter dem Becken stehenden Abfalleimer. Er legt eine neue Filtertüte ein, füllt, abzählend, sechs Löffel Kaffeepulver in den Filter, gießt Wasser für sechs Tassen, auch dieses Maß prüft Berger sorgfältig, in den oberen Teil der Maschine, stellt den Glasbehälter auf die Warmhalteplatte und schaltet die Maschine an.

»Kaffeekochen sieht leichter aus, als es ist.« Markus sagt nichts. Er erinnert sich, daß seine Mutter das Kaffeepulver sofort in die Kanne geschüttet und das kochende Wasser darübergegossen hat.

»Nehmen Sie Milch und Zucker?« fragt Berger.

»Nur Milch«, antwortet Markus.

Beide warten, bis das Wasser durch die Maschine gelaufen ist. Markus sitzt bewegungslos auf seinem Stuhl, Berger bleibt bei dem Tisch stehen. Er gießt den Kaffee in zwei Tassen.

»Die Briefe«, sagt er, »die Sie ordnen mußten, haben Sie sie gelesen?«

»Nein«, sagt Markus.

»Das glaube ich Ihnen nicht.«

Berger trägt die Tassen vorsichtig hinüber zum Schreibtisch und stellt eine vor Markus hin. Die andere behält er in der Hand, tritt ans Fenster, nimmt ab und zu einen Schluck, nachdem er die Milch verrührt hat.

»Einige Briefe habe ich gelesen«, sagt Markus, »sie waren alle an eine Almut Bruhns gerichtet.«

»Der Vorname von Frau Bruhns ist Selma«, sagt Berger.

Er hockte neben den Kisten, die Kniekehlen schmerzten, und während er zögernd mit der ihm aufgetragenen Arbeit fortfuhr, lauschte er auf jedes Geräusch, das aus dem Haus zu ihm in die Kammer klang. Eine Tür wurde geschlossen. Ein Gegenstand fiel auf den Boden und zerbrach. Es wurde still. Auf dem Flügel wurde ein Akkord angeschlagen. Noch ein Akkord. Dann folgte der Anfang eines Präludiums aus dem »Wohltemperierten Klavier«. Markus richtete sich auf, als die Musik abbrach und wieder Ruhe herrschte, jäh unterbrochen von einem Fauchen, Schreien, Poltern über Markus, ein Kampf, so schnell beendet wie begonnen. Vorsichtig ging er die wenigen Schritte bis zur Tür und stieß sie auf. Die Diele war leer. Schritt für Schritt, leise auftretend, er wollte die Tiere nicht aufschrekken, bewegte er sich zur Haustür. Wieder streifte sein Blick das Portrait des alten Mannes. Noch einmal sah Markus sich um, dann verließ er das Haus. Als er die Straße erreichte und die Autotür öffnete, beschloß er, nicht wieder zurückzukommen. Er startete den Motor und fuhr die ruhige, unter den Schatten der Kastanienbäume liegende Straße entlang. An der Kreuzung folgte er dem Weg in die Innenstadt. Kurz vor dem Markt bog er in die Parkbucht eines Hamburgerrestaurants. Eine Rutsche stand auf dem Spielplatz neben dem Restaurant. Markus bestellte sich Kaffee, Pommes frites und zwei Hamburger. Das Tablett trug er an einen Tisch, von dem aus er auf die Straße sehen konnte.

»Kaufst du mir noch ein Eis?«

»Und für mich eine Cola.«

»Für mich die Tüte mit dem Clown drauf.«

Unter dem Tisch, an dem die Kinder mit ihrer Mutter saßen, lag ein Hund, grau und schwarz gefleckt. Er wandte den Kopf und sah ihn an. Seine Augen waren blau.

Während er den Kaffee trank, eine Zigarette rauchte, den Hund beobachtete, den Stimmen am Nebentisch lauschte, versuchte er, nicht an die Villa zu denken. Nicht an Selma Bruhns zu denken. Nicht an den Gestank, die Katzen, die Dämmerung, die im Haus herrschte. Die Frau und ihre Kinder verließen das Lokal, der Hund, einen Moment zögernd, als wollte er beweisen, es wäre seine freie Entscheidung, folgte ihnen. Markus stand auf und ging durch die Glastür ins Freie.

Auf dem Weg aus der Innenstadt hielt er bei einer Telefonzelle an, suchte in der Jackentasche nach der Telefonkarte, wartete, ohne das Auto zu verlassen, bis der Mann, der in der Zelle stand, den Hörer einhängte und diese verließ. Jetzt stieg Markus aus, betrat die Zelle, steckte die Karte in den Apparat und wählte die Nummer des Büros, in dem Christine arbeitete. Während er wartete, wurde ihm bewußt, daß er nicht wußte, was er Christine erzählen sollte.

»Steuerbüro Bollmeyer.«

Sollte er ihr von dem Begräbnis erzählen, von dem Eimer, in dem er die halbverweste Katze in den Garten getragen hatte?

»Ich möchte Christine Baumann sprechen«, sagte Markus.

»Augenblick bitte.«

Oder von der Musik, die er in der Kammer gehört hatte. Die sich in seiner Erinnerung mit dem Verscharren der toten Katze verband.

»Markus, bist du das?«

Oder von den Kisten mit den Holzdeckeln, die alle drei mit Papier gefüllt waren. Raschelnde, manchmal zerbröselnde Blätter. Beschrieben mit der immer gleichen Handschrift.

»Ja«, sagte Markus, »ich habe einen Job. Für mehrere Tage.«

»Was mußt du tun?« fragte Christine.

»Es ist leichte Arbeit, alte Papiere sortieren, das ist alles«, antwortete er, während er das Gefühl hatte, eine völlig sinnlose Unterhaltung angezettelt zu haben.

»Ich muß wieder los«, sagte Markus schnell.

»Warum hast du angerufen, Markus?« sagte Christine.

»Ich weiß es nicht«, antwortete er. Das war die Wahrheit.

Markus parkte den Wagen unter den Kastanienbäumen und ging über die Steinplatten auf die Villa zu. Erst jetzt sah er die Stellen, an denen der Außenputz abgebröckelt war und die roten Steine sichtbar wurden. Aus den Verzierungen um die Fensteröffnungen waren Teile herausgebrochen und lagen schon überwuchert unter den Fenstern im Unkraut. Er öffnete die Haustür.

Als er das Haus betrat, blieb Markus einen Augenblick stehen, benommen von dem Gestank. Selma Bruhns kam in die Diele. Die Hand auf der Klinke lassend – welches Zimmer verbarg sich hinter der Tür –, sah sie ihn an.

»Ist Ihnen schlecht?« sagte sie.

Als das Telefon läutet – der Kommissar hat lange geschwiegen, seinen drehbaren Schreibtischstuhl zum Fenster geschwenkt, Markus den Rücken zugewandt und hinausgesehen über die Kräne der Baustelle hinweg –, reagiert Berger erst nach dem dritten Signal. Er nimmt den Hörer ab, hört zu und legt ihn, ohne ein Wort zu sagen, zurück.

Markus hat für einen Moment die Augen geschlossen und versucht, sich an ihre Worte zu erinnern, als sie ihn gestern abend, nachdem er seine Arbeit beendet hatte, in ihr Zimmer geführt hatte. Sie hatte sich in einen Sessel gesetzt, dessen dunkelgrüner Bezug an vielen Stellen bis auf das Grundgewebe abgeschabt war. Markus hatte vor ihr auf einem Hocker gesessen, zwischen ihnen stand der Koffer. Das Licht der Stehlampe fiel auf ihre Hände, die sie übereinandergelegt hatte, weiße Haut mit braunen Flecken. Alles andere, ihr Bett, der Schrank, der Tisch, die Bilder, hatte im Dunkeln gelegen. Auch ihr Gesicht hatte Markus nicht mehr erkennen können. Sie hatte den Kopf aus dem Lichtschein zurückgenommen. In den sechs Tagen, die er bei Selma Bruhns gewesen war, hatte er nur am Tag vorher dieses Zimmer betreten dürfen. Den einzigen Raum der Villa, den sie bewohnte.

»Sie dürfen rauchen, wenn Sie wollen«, sagt Berger.

Markus, der immer wieder, auch als sie leer und nur noch ein am Porzellan haftender Bodensatz zurückgeblieben ist, nach der Kaffeetasse greift, sagt nichts.

»Wie alt sind Sie?«

»Zweiundzwanzig«, sagt Markus. Er nimmt die Schachtel aus der Jackentasche und zündet sich eine Zigarette an. Berger schwingt den Stuhl, mit der Hand den Rand der Schreibtischplatte umfassend, zurück.

Er nimmt jetzt das Formular vom Schreibtisch, auf dem die wenigen persönlichen Angaben stehen, die Markus gemacht hat, von der Sekretärin – oder ist sie auch eine Polizeibeamtin – befragt.

»Sie geben an, Sie seien Student«, sagt Berger. Er spricht leise. Markus muß sich anstrengen, um seine Worte zu verstehen.

»Was studieren Sie?«

»Ich studiere nicht«, antwortet Markus, zu seiner eigenen Überraschung lügt er nicht, wie so oft, wenn ihm diese Frage gestellt wird, »ich habe Philosophie belegt, war zweimal in einer Vorlesung und bin nicht wieder hingegangen.«

Warum schämt er sich? Er spürt es an der Wärme, die in sein Gesicht strömt.

»Sie sind nicht zur Universität gegangen, aber zu Selma Bruhns sind Sie gegangen, sechs Tage hintereinander.«

»Sie hat mich bezahlt«, sagt Markus.

Die Tür hinter Markus wird geöffnet. Jemand betritt den Raum. Markus beugt sich über den Schreibtisch und drückt die Zigarette im Aschenbecher aus. Ein Mann geht an Markus vorbei und legt eine Mappe auf die Schreibunterlage des Kommissars.

»Danke«, sagt Berger, steht auf und verläßt zusammen mit dem Mann den Raum. Markus hat das Gefühl, in der langen Zeit, in der er fast bewegungslos auf dem Stuhl gesessen hat, zusammengeschrumpft zu sein. Er steht auf, reckt sich und geht bis zur Wand, an der ein Stadtplan hängt. Der Standort der Kirchen ist durch Türmchen angegeben. Dazwischen rote Klötzchen, die die Gerichte, die Schulen und Behörden markieren. Schwarzweiße Streifen, die zu dem durch einen Kasten symbolisierten Hauptbahnhof führen, sind die Bahngleise. Markus starrt auf den Plan, als sei es eine Karte, auf der Fluchtwege eingezeichnet sind, die alle wegführen von dem Viereck, das das Polizeipräsidium darstellt.

Er sah sie nicht an. Sein Blick war wieder auf das Portrait des Mannes gerichtet. Er nahm Einzelheiten wahr. Den Ring an seiner Hand, rechts unten am Bildrand. Die weiße, steifgebügelte Manschette, die sein Handgelenk bedeckte. Den Stoff des Anzugs, von feinen Rissen durchzogen. Das Taschentuch in der Brusttasche des Jacketts. Den Hals, faltig und dünn, nur lose umschlossen von dem festen Kragen. Den schwarzen Knoten der Krawatte unter dem hervortretenden Kehlkopf.

»Ist Ihnen schlecht?« Selma Bruhns wiederholte ihre Frage. Sie ließ die Türklinke los und kam auf ihn zu. Markus wehrte sich dagegen, instinktiv einen Schritt zurückzutreten. Er versuchte, sie anzusehen. Sie trug ein bis zu den Knöcheln reichendes Kleid. Es hatte Flecke, die das dunkle Rot fast schwarz aussehen ließen. Kein Gürtel, es fiel lose herab, von den Schultern gehalten. Sie war größer als er. Ihr Haar war kurz geschnitten. Sie trug jetzt flache, weiße Leinenschuhe, keine Strümpfe.

»Warum antworten Sie nicht?« sagte Selma Bruhns. Markus sah ihr in die Augen. Sie waren grau, mit kleinen Pupillenpunkten.

»Ja, mir ist schlecht«, sagte er, »ich halte den Gestank nicht aus. Wie halten Sie ihn aus?«

Markus versuchte, an die Poster in dem Hamburgerrestaurant zu denken, an den Geschmack der Coca-Cola, an den Hund, der ihn mit blauen Augen angesehen hatte.

»Welchen Gestank?« sagte Selma Bruhns.

Er trat einen Schritt zur Seite, ging an ihr vorbei zu einem Korbstuhl, der neben dem Treppenaufgang stand, und setzte sich. Immer wieder drangen in kurzen Abständen dünne Schreie aus dem oberen Stockwerk.

Selma Bruhns schien das Interesse an ihm zu verlieren. Sie wandte sich ab, ging durch die Diele, bis sie den Durchgang erreichte, der in die rechtsliegenden Räume führte.

»Kommen Sie«, sagte sie. Sie trat in den Gang und Markus hörte nur noch das kaum wahrnehmbare Geräusch ihrer Leinenschuhe auf dem Parkettfußboden.

Aus dem oberen Stockwerk war nichts mehr zu hören. Gab es die Tiere wirklich? Markus stand auf und folgte ihr. Er spürte die Versuchung, sich umzudrehen, die Stufen zur Haustür hinunterzuspringen, hinauszulaufen, bis er die Straße erreicht hätte.

Der Gang war fensterlos. Markus ließ die Handfläche über die Wand gleiten, kam zum Ende und betrat ein Durchgangszimmer, das außer einer Bank, deren hölzerne Rückenlehne Risse hatte, leer war. Drei Türen. Er blieb stehen, er wußte nicht, wohin er sich wenden sollte. Die rechte Tür war halb geöffnet, die anderen geschlossen.

»Herr Hauser?«

Die Tür öffnete sich jetzt ganz. Er sah sie im Türrahmen stehen. Unter ihr das schwarzweiße Karomuster des gekachelten Küchenfußbodens.

»Ich zeige Ihnen, wo Sie sich Kaffee kochen können«, sagte Selma Bruhns.

Als Markus die Küche betrat, deutete sie auf einen Wasserkessel, der auf dem Gasherd stand. Ein weiß emaillierter Topf mit einer geschwungenen Tülle. Ein Küchentisch nahm die Mitte des Raumes ein. Über ihm eine Glühbirne. In der steinernen Spüle, links unter dem Fenster, das wie alle anderen verhängt war, stand Geschirr, schmutzig, mit verkrusteten Speiseresten.

»Im Küchenschrank sind Tassen«, sagte Selma

Bruhns, die den Platz an der Tür nicht verlassen hatte. Markus ging zum Schrank, zog die rechte obere Tür auf und nahm eine Tasse heraus.

»Kann ich wenigstens ein Fenster öffnen«, sagte er. Der Geruch der Tiere, der in der Diele so durchdringend gewesen war, daß er kaum zu atmen wagte, war auch bis hierher vorgedrungen.

Sie antwortete nicht. Markus beobachtete, wie sie in eine Seitentasche ihres Kleides griff, eine Zigarettenschachtel herausholte, sie öffnete, eine Zigarette herausnahm, zum Küchentisch ging und die Schublade unter der Tischplatte herauszog. Sie holte eine Schachtel Streichhölzer heraus und zündete sich die Zigarette an. Die kleine Flamme des Holzes brannte so lange, bis sie fast ihre Finger erreichte.

»In meinem Haus werden die Fenster nicht geöffnet«, sagte Selma Bruhns.

»Es tut mir leid, aber Sie müssen sich jemand anderes für diese Arbeit suchen, ich halte den Gestank nicht aus«, sagte Markus, aber Selma Bruhns hatte die Küche schon verlassen, und er war sich nicht sicher, ob sie ihn gehört hatte. Er lauschte auf ihre Schritte. Er stellte die Tasse, die er immer noch in der Hand hielt, auf dem Küchentisch ab. Nur um etwas zu tun, nahm er die vergilbte Zeitung in die Hand, die auf dem Stuhl neben dem Küchentisch lag. Es war das Wochenblatt, das in jedem Stadtteil kostenlos verteilt wird.

Schließlich hatte er die Küche verlassen und war im Durchgangszimmer stehengeblieben. Er lauschte, hörte aber nur Kratzen und Scharren über sich. Er ging durch den Gang zurück in die Diele, entschlossen, das Haus zu verlassen. Seine Tasche stand in der Kammer, in der er die Arbeit begonnen hatte, für die ihn Selma Bruhns bezahlte. Aber er holte die Tasche nicht. Er stieg die Treppenstufen hinauf, bis ins obere Stockwerk, ohne ein Tier zu sehen. Der Gestank war hier scharf und brennend, der Fußboden des Flurs, auf den die Treppe mündete, war von Katzendreck überzogen, die Türen zu den an den Flur grenzenden Zimmern standen offen. Jetzt hatten sie ihn bemerkt. Mehrere von ihnen, einige mit rotentzündeten Augen, näherten sich, blieben aber in sicherer Entfernung stehen. Als er einen Schritt vorwärts machte, huschten sie davon. Darauf achtend, nicht in die Katzenscheiße zu treten, ging Markus über den Flur zu einem der Zimmer. Keine Möbel, keine Bilder, nur Vorhänge vor den Fenstern. In einer Ecke des Raumes hockte eine Katze mit sechs winzigen Jungen. Sie fauchte ihn an, und bevor er abwehrend den Arm heben konnte, sprang ihn ein anderes Tier an. Es krallte sich in den Stoff seines Hemdes. Er griff es im Nacken und riß es weg, zwei blutige Kratzspuren auf seinem Handrücken blieben zurück. Schnell und kurz atmend, um den Gestank nicht in seinen

Körper eindringen zu lassen, ging er rückwärts zur Treppe zurück. Jetzt kamen sie auch aus den anderen Zimmern. Ihre Blicke waren feindselig. Er ließ sie nicht aus den Augen, bis er die Treppe weit genug hinuntergegangen war, um sich sicher zu fühlen. In der Diele stand Selma Bruhns und beobachtete ihn. Er fühlte sich ertappt, als hätte er etwas Verbotenes getan.

»Wie hoch ist der Stundenlohn, den ich Ihnen zahle?« sagte sie.

Markus antwortete nicht und ging an ihr vorbei bis zur Kammer, um seine Tasche zu holen. Sie folgte ihm. Als er sich bückte, um die Tasche aufzuheben, wiederholte sie ihre Frage.

»Wie hoch ist der Stundenlohn, den ich Ihnen zahle?«

»Zehn Mark. Das wissen Sie doch«, sagte Markus. Er wollte die Kammer verlassen, aber Selma Bruhns stand in der Tür und versperrte ihm den Weg.

»Ich zahle Ihnen das Dreifache, wenn Sie bleiben«, sagte sie.

Als er im Nebenzimmer Schritte hört, dreht Markus sich um, es ist die Sekretärin, die die Tür öffnet, ohne das Büro des Kommissars zu betreten.

»Sie sind allein?« fragt sie.

»Ja«, antwortet Markus.

»Hat Herr Berger gesagt, wann er zurückkommt?«

»Er hat nichts gesagt.«

Markus' Worte klingen heftiger, als er gewollt hat. Die Sekretärin sieht ihn erstaunt an, lächelt und schließt die Tür wieder.

Langsam geht Markus zum Schreibtisch zurück. Er nimmt die Mappe von der Schreibtischplatte. Er entfernt das Gummiband. Sie enthält sechs Fotografien. Markus sieht sie sich an, eine nach der anderen. So vorsichtig, wie er sie herausgenommen hat, legt er sie zurück. Er schließt die Mappe wieder, spannt das Gummiband über die Ecken des Deckels und schiebt sie auf den Platz, an dem sie gelegen hat.

Gestern abend, als er durch den Vorgarten zur Straße gelaufen war, hatte es zu regnen begonnen. Erst wenige große Tropfen, die auf die Blätter des Kastanienbaumes schlugen. Dann eine Sturzflut, die die Lichter der Straßenbeleuchtung verdunkelte. In den Augenblicken, die Markus brauchte, um das Auto zu erreichen, das Türschloß aufzuschließen und die Tür zu öffnen, wurde sein Hemd durchnäßt. Markus hatte den Motor gestartet, den Ventilator angeschaltet und hatte sich hinübergebeugt zum rechten Seitenfenster. Er hatte das Kondenswasser mit dem Hemdsärmel vom Glas gewischt, aber durch den dichten Regenschleier hatte er das

Haus von Selma Bruhns nicht mehr erkennen können. Schließlich hatte Markus die Handbremse gelöst, die Scheibenwischer angeschaltet und den Wagen langsam durch die Pfützen, die sich schnell an den Kantsteinen gebildet hatten, die Straße hinabrollen lassen, bis er die Kreuzung erreicht hatte, an der er die Kurfürstenallee verließ.

Markus hört Stimmen im Nebenzimmer, aber er versteht nicht, was gesprochen wird. Unwillkürlich tritt er zwei Schritte vom Schreibtisch zurück und setzt sich auf den Stuhl, den der Kommissar ihm zugewiesen hatte, wobei er den Wunsch unterdrückt, sich eine Zigarette anzuzünden. Er versucht, nicht auf die Mappe zu starren, die vor ihm auf der Schreibtischplatte liegt.

Das erste Foto: der Sessel, grüner Bezug, an einigen Stellen bis auf das Grundgewebe abgeschabt. Ihr Kopf liegt zurückgefallen auf der Rückenlehne. Der weiße Schal, den Markus ihr auf ihre Bitte aus der Kommode geholt hat.

Hinter Markus öffnet sich die Tür, er hört Berger das Büro betreten. Markus erkennt ihn an dem trippelnden Schritt. Ihm folgt ein Mann, den Markus wiedererkennt, als er sich zu ihm umwendet. Während Berger zu seinem Platz hinter dem Schreibtisch geht, sich auf seinen Stuhl setzt, ohne Markus anzusehen, mit einem schnellen Griff die Mappe zurechtrückt, als habe Markus sie nicht auf den Platz zurückgeschoben, auf den er sie gelegt hat, bleibt der andere Mann bei der Tür stehen. Er hat die Hände im Rücken verschränkt und läßt seinen Blick unruhig durch den Raum schweifen, wobei er vermeidet, Markus anzusehen. Das zweite Foto: ihr Gesicht, vom Blitzlicht aus der Dunkelheit geschnitten. Die Lippen verzerrt zu einem Grinsen. Die Zähne fest aufeinandergebissen. Die Augen nicht geschlossen. Die Augenbrauen hoch in die Stirn gezogen. Das Haar, das die Ohren nicht bedeckt.

»Setzen Sie sich«, sagt Berger zu dem Mann, bevor er seinen drehbaren Stuhl zum Fenster schwenkt und ihnen den Rücken zukehrt. Der Mann räuspert sich, er will etwas sagen, aber Berger kommt ihm zuvor.

»Warten Sie. Ihre Aussage wird protokolliert.«

Das dritte Foto: Sie haben sie aus dem Sessel gehoben und auf den Boden gelegt. Das rote Kleid mit den dunklen Flecken verbirgt ihren Körper bis zu den Knöcheln. Endlich überwindet der Mann seine Scheu, geht die wenigen Schritte zu einem Stuhl, der neben dem Schreibtisch steht, nicht weit von Markus entfernt. Jetzt kann er es nicht mehr vermeiden, Markus anzusehen. Sein Blick ist vorsichtig und nicht unfreundlich. Er lächelt. Markus spürt, der Mann möchte etwas zu ihm sagen, aber da Berger schweigt, schweigen sie auch. Das vierte

Foto: Details. Ihre Hände, weiße Haut mit braunen Flecken, die den Schal umklammern, der um ihren Hals geschlungen ist. Markus hält es nicht mehr aus, er steht auf, geht zu dem Waschbecken, dreht den Hahn auf und hält seinen Kopf unter den Wasserstrahl. Er spürt die Kälte auf der Kopfhaut und die Wassertropfen, die über sein Gesicht laufen, als weine er. Er dreht den Hahn wieder zu. Das fünfte Foto: Jetzt sind ihre Augen geschlossen. Sie haben die Lider über die Pupillen geschoben. Er greift nach dem Handtuch und trocknet sich das Gesicht ab. Das sechste Foto: Sie haben sie auf eine Bahre gelegt und mit einer Plastikplane umhüllt. Sein Haar bleibt naß und klebt auf der Kopfhaut.

»Haben Sie sich die Fotos angesehen?« fragt Berger, ohne sich umzuwenden. Markus geht, ohne zu antworten, zu seinem Stuhl zurück.

Erleichtert verließ Markus die Kammer. Obwohl er das Gefühl hatte, mit dem Versuch, die Briefe zu ordnen, kaum vorangekommen zu sein, spürte er eine Müdigkeit im Körper, als hätte er zehn Stunden lang Schwerarbeit geleistet. Er hatte viel Zeit damit verloren, ein System in seine Arbeit zu bringen, hatte begonnen, erst für jedes Jahr, dann, als er einsehen mußte, daß das bei der Unmenge von Briefen unmöglich war, für jedes Jahrzehnt eine gesonderte Ablage zu schaffen, so daß viele einzelne Papierstapel den Boden der Kammer bedeckten und er Angst hatte, die Tiere könnten hereinkommen und seine mühselige Anfangsarbeit zunichte machen.

Er zog seine Jacke an, die er, während er auf dem Boden gehockt hatte, über eine der noch verschlossenen Kisten gelegt hatte, klappte den Deckel der geöffneten Kiste herunter, hängte das Vorhängeschloß in die eisernen Ösen und drehte den Schlüssel herum, wie Selma Bruhns es ihm aufgetragen hatte. Er nahm seine Aktentasche und öffnete die Tür der Kammer, darauf gefaßt, die Tiere würden ihm auflauern.

Aber auf dem kurzen Weg in die Diele sah er keine Katze. Er hörte die Tiere auch nicht. Das Haus war still, als hätte die Nacht sich angekündigt. Selma Bruhns stand in der Diele vor dem Portrait des Mannes, in der Hand hielt sie ein längliches Portemonnaie, wie es Taxifahrer und Kellner benutzen. Sie öffnete es und nahm drei Hundertmarkscheine heraus.

»Sie können mich bezahlen, wenn ich mit der Arbeit fertig bin«, sagte Markus.

»Nein«, sagte Selma Bruhns, »zehn Stunden waren Sie hier, und zehn Stunden bezahle ich Ihnen.«

Sie hielt ihm das Geld entgegen. Markus nahm es, ohne etwas zu sagen. Er versuchte, sich gegen das Gefühl zu wehren, daß er das Geld nicht verdient hatte. Er ging zur Haustür und öffnete sie.

»Werden Sie morgen wiederkommen?« fragte sie.

Markus antwortete nicht sofort. Er wußte, ohne darüber nachgedacht zu haben, daß es ihm unmöglich war, sie anzulügen.

»Ich weiß es noch nicht«, sagte er, trat ins Freie und schloß die Tür hinter sich.

Als Markus die Stufen, die zu der Eingangstür von Selma Bruhns' Haus führten, hinuntergesprungen war, als er das Auto erreicht, die Tür geöffnet und sich hinter das Steuer gesetzt hatte, war er nicht sofort nach Hause gefahren.

Am Ende der Kurfürstenallee bog er nach links ab und fuhr, der Ringstraße folgend, bis zur dritten Kreuzung. Er verließ die Hauptstraße und hielt, mehrere kleine Seitenstraßen passierend, vor einem Kino, dessen Eingangshalle schwach beleuchtet war. Er wußte, daß hier regelmäßig Spätvorstellungen stattfanden. Er parkte im Halteverbot. Die Kassiererin, die die Abrechnung machte, sagte, die Vorstellung hätte schon vor einer halben Stunde begonnen, verkaufte ihm aber, als er darauf bestand, eine Eintrittskarte. Als sich seine Augen an das Halbdunkel des Kinosaales gewöhnt hatten, erkannte er acht oder zehn andere Besucher, die weit verteilt allein oder zu zweit in den Stuhlreihen saßen. Markus hatte nicht darauf geachtet, welcher Film gezeigt wurde. Er setzte sich hinten auf einen der Klappstühle. Er versuchte nicht, der Handlung des Films zu folgen. Es genügte ihm, im Dunkeln zu sitzen und mit niemandem reden zu müssen. Er sah den Figuren zu, die sich bewegten, hörte eine Melodie aus Worten und Geräuschen, die ihn einzuschläfern begann, bis ihm einfiel, daß er das Auto nicht abgeschlossen hatte und die Aktentasche mit dem Geld gut sichtbar auf der Rückbank lag. Er blieb bis zum Ende des Films in dem Kinosaal und verließ ihn erst, während der Abspann lief und das Deckenlicht noch nicht angeschaltet wurde.

Der zweite Tag

Die Sekretärin kommt herein, in der Hand einen Stenoblock und einen Bleistift, legt beides auf der Schreibtischplatte ab, geht, während Berger aus dem Fenster sieht und ihnen den Rücken zuwendet, zur Wand, an der der Stadtplan hängt, nimmt einen Stuhl, trägt ihn auf die linke Seite des Schreibtisches und setzt sich.

»Wir können anfangen«, sagt sie.

Berger schwingt seinen Stuhl zurück, sieht erst Markus an, ohne Interesse, als begänne er ihn zu langweilen, dann den anderen Mann, der, durch das lange Schweigen verunsichert, Berger anlächelt.

»Sie sind ein Nachbar von Frau Bruhns, genauer gesagt sind Sie der Eigentümer der Villa, deren Grundstück an das von Frau Bruhns grenzt. Sie sagen, Sie kennen Frau Bruhns nicht. Sie hätten sie nur gesehen, wenn sie in ihren Garten ging oder zur Pforte, wenn der Lieferwagen vorfuhr, der ihr die Lebensmittel brachte. Ist das richtig? Frau Bruhns hätte nicht reagiert, als Sie sie einmal über die Mauer hinweg angesprochen hätten. Ist das richtig?«

Aus Bergers Worten glaubt Markus eine verborgene, stille Wut herauszuhören, die in dem Schweigen, das vorausging, entstanden ist.

»Was haben Sie zu ihr gesagt?«

Der Mann räuspert sich, seine ersten Worte sind undeutlich und kaum zu verstehen.

»Ich wollte mit ihr über die Verwahrlosung sprechen.«

»Was sagen Sie? Reden Sie lauter«, sagt Berger. »Ich wollte mit ihr über die Verwahrlosung sprechen«, wiederholt der Mann.

»Welche Verwahrlosung?«

»Der Garten, das Haus, der Gestank.«

Der Mann stammelt, die Sekretärin, die seine Worte nicht mitstenografiert hat, sagt zu ihm: »Beruhigen Sie sich.«

Berger springt von seinem Stuhl, seine trippelnden Schritte wirken keinen Augenblick lächerlich, als er zum Stadtplan geht und mit im Rücken verschränkten Händen auf den Plan blickt, als suche er die Straße, in der Selma Bruhns gewohnt hat.

»Wann haben Sie das Haus in der Kurfürstenallee gekauft?« fragt Berger.

»Ungefähr vor zwanzig Jahren«, antwortet der Mann und bemüht sich jetzt, seiner Stimme einen verbindlichen Tonfall zu geben, »aber eigentlich dachte ich, ich sollte eine Aussage darüber machen, was ich gestern abend beobachtet habe.«

Berger blickt weiter auf den Plan.

»Wie oft haben Sie Frau Bruhns in diesen zwanzig Jahren angesprochen?« fragt er. Es klingt, als habe er jedes Interesse an einer Antwort verloren. Er geht zum Schreibtisch zurück und schwingt sich auf seinen Stuhl.

»Kennen Sie diesen Mann«, sagt Berger. Er richtet seine Frage an Markus, der nicht damit gerechnet hat, etwas sagen zu müssen.

»Ja, ich habe ihn auf der Straße getroffen, morgens, wenn ich zu Frau Bruhns ging.«

Seit er die Fotografien gesehen hat – und weiß, daß Selma Bruhns tot ist –, hat sich der Raum verändert, er ist enger geworden, der Kommissar ist nicht mehr eine zwergenhafte Figur, die Sekretärin nicht mehr die freundliche, unbeteiligte Frau, die sie im Vorzimmer gewesen ist, die Fragen, die Markus beantworten muß, sind nicht mehr leicht zu beantworten.

»Und Sie? Erkennen Sie den Mann wieder?«

Jetzt wendet sich Berger an den Nachbarn von Selma Bruhns, der nur darauf zu warten scheint, endlich reden zu können.

»Ja, ich habe ihn sofort wiedererkannt. Er verließ das Haus von Frau Bruhns gestern abend, als es fast dunkel war. Fluchtartig.«

Der Mann spricht hastig, als wolle er es hinter sich bringen.

»Was bedeutet fluchtartig in Ihrem Wortschatz?« fragt Berger.

Seine Stimme klingt so feindselig, daß Markus den Kopf hebt und Berger ansieht. Das Blut staut sich im Gesicht des Mannes, der vor Bergers Schreibtisch sitzt. Er scheint die Feindseligkeit zu spüren, ohne sich wehren zu können, dieses Mal sagt die Sekretärin nichts, dieses Mal ist er allein.

»Er ist die Stufen hinuntergesprungen.«

»Gesprungen? Welche Stufen?«

Berger läßt ihn nicht zur Besinnung kommen. Seine Wut, die vorher nur unter seinen Worten lag und nicht an die Oberfläche kam, ist jetzt für alle im Raum spürbar.

»Ich habe Sie etwas gefragt«, sagt Berger.

Markus hat den Blick von ihm abgewandt. Seine Hände, die auf den Knien liegen, streichen über seine Oberschenkel. Er hofft, der Mann würde endlich aufstehen, hinausgehen und sie wieder allein lassen.

»Die Stufen vor ihrer Haustür«, sagt der Mann.

»Vor welcher Haustür?«

Jetzt wendet sich der Mann an die Sekretärin, um Hilfe zu suchen.

»Ich glaube nicht, daß ich mir das gefallen lassen muß«, sagt er.

Christine war vor ihm aufgestanden. Als er aufwachte, hörte er sie in der Küche hantieren. Etwas fiel auf die Fliesen, eine Tasse schepperte auf der Untertasse, die Tür des Kühlschranks schlug zu. Markus richtete sich im Bett auf, lehnte den Rücken gegen die Wand, auf der nackten Haut spürte er die Erhebungen der Rauhfasertapete, und griff nach der Zigarettenschachtel, die auf dem Nachttisch lag. Die Vorhänge waren zugezogen, aber durch den Stoff schimmerte das Licht. Markus erkannte deutlich die Umrisse der Kommode, des Schranks.

»Wirst du heute wieder zu dieser Frau gehen« sagte Christine, als er aufgestanden war und, nur mit einer Unterhose bekleidet, in die Küche kam. Sie hatte Kaffee gekocht. Markus setzte sich an den Küchentisch. Er beobachtete Christine, die an der Spüle stand und das Geschirr abwusch. Sie trug Jeans, einen hellen Pullover, dessen Rollkragen, so kam es Markus vor, zärtlich ihren Hals umschloß.

»Ich weiß es noch nicht«, sagte Markus.

»Wann wirst du es wissen?«

Christine setzte sich ihm gegenüber an den Tisch und sah ihn an.

»Sie ist eine alte Frau«, sagte Markus, er zwang sich, weiterzusprechen, weil er merkte, wie schwer es ihm fiel, »sie lebt mit ihren Katzen in einem Haus, das langsam verfällt. Es stinkt. Das ganze Haus stinkt nach diesen Tieren. Ich glaube nicht, daß sie weiß, wie viele es sind. Ich war oben. Sie bewohnt das obere Stockwerk nicht, es gehört den Katzen. Überall Katzenscheiße. Die Tiere haben entzündete Augen. Eines hat mich angesprungen.«

Markus zeigte Christine die Kratzspuren auf seinem Handrücken. Christine legte ihre Hand über die verkrusteten Striemen. Sie lächelte, und Markus glaubte zu wissen, was sie dachte.

»Ich wollte weg, ich hatte meine Tasche geholt, aber sie hat sich mir in den Weg gestellt. Sie zahlt mir dreißig Mark für eine Stunde Arbeit.«

»Das ist viel Geld«, sagte Christine, »willst du deshalb wieder hingehen?«

»Ja.«

Markus war plötzlich überzeugt, es wäre der einzige Grund, der seinen Entschluß, wieder zu Selma Bruhns zu gehen, rechtfertigen konnte.

»Wir können das Geld gebrauchen«, sagte Christine.

Markus zündete sich die zweite Zigarette an.

»Ich muß gehen«, sagte sie.

Christine verließ die Küche. Er hörte sie die Wohnungstür öffnen und schließen, stand auf und trat ans Fenster. Er sah auf die Straße hinunter und beobachtete, wie Christine das Haus verließ, über den Fußweg zu ihrem am Vorgartengitter angeschlossenen Rad ging, das Schloß löste und aufstieg. Als sie losfuhr, wandte er sich vom Fenster ab und ging ins Badezimmer. Er zog die Unterhose aus. Als das kalte Wasser der Dusche auf seinen Körper prasselte, hielt er den Atem an.

Er zog sich an und ging in die Küche zurück. Neben dem Kühlschrank stand seine Aktentasche, die er gestern abend, als er nach Hause gekommen war, spät, Christine schlief, und er hatte versucht, die Türen leise zu schließen, im Flur abgelegt hatte. Als er sie öffnete, um sein Notizheft, das er vor sechs Wochen gekauft und noch kein Wort hineingeschrieben hatte, herauszunehmen, entdeckte er das kleine Päckchen in Aluminiumfolie, das Christine in die Tasche getan haben mußte. Er öffnete es. Als er sah, daß es ein mit Käse belegtes, zusammengeklapptes Brot war, erinnerte er sich, daß er in den Pausen auf dem Hof sein Schulbrot gegen die ersten Zigaretten eingetauscht hatte.

An der Kreuzung bog er in die Kurfürstenallee ein, die Sonne stand noch tief und blendete ihn, er klappte den Blendschutz herunter, fuhr langsamer und ließ den Wagen ausrollen. Er hielt vor ihrem Haus.

Berger hat sie allein gelassen. Er ist aufgesprungen. Einen Augenblick lang steht er neben seinem Schreibtisch, ohne jemanden anzusehen, nicht den Mann vor ihm, der ihn verblüfft beobachtet, nicht die Sekretärin, deren Gesicht nichts als gelangweilte

Ruhe verrät, nicht Markus, der, ohne es zu wollen, Berger anstarrt, als habe er ihm eine Frage gestellt und warte gespannt auf die Antwort, ist dann am Schreibtisch vorbei durch den Raum gegangen, kein Wort der Erklärung oder Rechtfertigung, bis er die Tür erreicht hat, die er hinaustretend hinter sich ins Schloß zieht.

»Was soll das alles«, sagt der Mann, der hier ist, um eine Aussage zu machen, »ich verstehe es nicht.«

An seinem letzten Tag in Selma Bruhns' Haus war Markus gegen Mittag, als auch die Tiere zu schlafen schienen, in den Garten gegangen. Die Brennesseln hatten die Beete erobert. Mannshoch überwucherten sie die anderen Pflanzen und erstickten sie. Der Weg war nicht mehr zu erkennen, nur ab und zu blitzte ein weißer Kieselstein zwischen den Grasnarben auf. In einer Nische der rückwärtigen Mauer, die ihr Grundstück gegen die Nachbarn abschirmte, entdeckte Markus eine Statue, Sandstein, auf einem säulenförmigen Sockel, von Moos überzogen, eine junge Frau, die auf dem Boden hockte und eine Kugel in der Hand hielt. Markus setzte sich in das Gras an der Mauer, lehnte sich zurück und spürte die Steine durch den dünnen Stoff des Hemdes. Büsche und Bäume verdeckten die Sicht auf ihr Haus.

»Wenn er geht, kann ich auch gehen«, sagt der Mann, der vor dem Schreibtisch des Kommissars sitzt, schiebt seinen Stuhl zurück und steht auf, offensichtlich mutiger und wütender geworden, seit Berger das Büro verlassen hat.

»Setzen Sie sich wieder«, sagt die Sekretärin, »ich bringe Ihnen einen Kaffee.«

»Ich will keinen Kaffee«, sagt der Mann. Markus wendet den Blick ab und sieht aus dem Fenster. Jeden Morgen, wenn er sein Auto geparkt hatte, hatte dieser Mann auf dem gegenüberliegenden Fußweg gestanden und, ohne seine Neugier zu verbergen, beobachtet, wie Markus ausgestiegen war, seine Aktentasche vom Rücksitz genommen und die Autotür abgeschlossen hatte. Jeden Morgen hatte Markus das Gefühl gehabt, der Mann wollte ihn ansprechen, etwas über die Straße rufen, und Markus hatte sich beeilt, die Pforte zu öffnen.

Während der Nachbar von Selma Bruhns neben seinem Stuhl stehenbleibt, die Sekretärin fixiert, als erwarte er von ihr ein Wort, das ihn besänftigen könne, hört Markus zum ersten Mal an diesem Morgen das Ticken der Uhr, die auf dem Schreibtisch steht. Die Sekretärin, deren Gesichtsausdruck weder Ärger noch Nervosität verrät, steht jetzt auch auf, geht um den Schreibtisch herum und nimmt den Hörer von Bergers Telefon. Sie drückt zwei Ziffern und wartet. Auch das Freizeichen aus der Hörmuschel kann Markus deutlich hören. Er stellt sich vor, daß irgendwo in diesem

Haus, in irgendeinem Raum, in dem Berger sich aufhalten könnte, das Telefon läutet und Berger, der vielleicht tatsächlich in diesem Raum ist, den Hörer nicht abnimmt, der auf und ab geht mit trippelnden Schritten und das Läuten vielleicht gar nicht hört, wie er, Markus, auch das Ticken der Schreibtischuhr erst gehört hat, als er dazu bereit war. Die Sekretärin legt den Hörer zurück auf die Gabel.

»Setzen Sie sich wieder«, sagt sie zu dem Mann, der vor ihr steht, nur durch den Schreibtisch von ihr getrennt, »es ist falsch, was ich tue, aber ich glaube, ich muß Ihnen eine Erklärung geben.«

Der Ton ihrer Stimme hat sich verändert, klingt nicht mehr gleichgültig, sondern abweisend und bestimmt, fast unfreundlich, als mache sie Markus und dem Mann zum Vorwurf, sie zu dieser Erklärung gezwungen zu haben.

»Hauptkommissar Berger hat sich vor einem Jahr beurlauben lassen«, während sie spricht, geht auch die Frau zu ihrem Platz zurück, »ein ihm nahestehendes Familienmitglied war schwer erkrankt. Herr Berger hat die Kranke zu Hause betreut und begleitet bis zu ihrem Tod. Er ist erst sechs Wochen wieder im Dienst. Verstehen Sie mich nicht falsch. Ich bin nicht befugt, Kommissar Berger zu entschuldigen. Er hat es auch nicht nötig. Aber ich glaube, ich sollte es Ihnen sagen.«

Obwohl Markus sich anstrengt, kann er das Ticken der Tischuhr nicht mehr hören, dafür um so deutlicher das Ein- und Ausatmen des Mannes, der neben ihm sitzt. Er sieht niemanden an. Er blickt auch nicht aus dem Fenster. Er hat die Augen halb geschlossen und sieht nur noch den hellgrauen Fußbodenbelag unter seinen Schuhen. Er spürt einen Druck im Hals, als habe ihn jemand gezwungen, gegen seinen Willen etwas herunterzuschlucken. Als er merkt, daß sich in seinen Augenwinkeln Tränen sammeln, und er glaubt, die Unwirklichkeit der Situation nicht mehr aushalten zu können, hört er, wie hinter ihm eine Tür geöffnet wird. Berger ist zurückgekommen.

»Standen Sie am Fenster und haben die Villa von Selma Bruhns beobachtet?«

Lautlos, als sei seine kleine Gestalt zu leicht, um Geräusche zu verursachen, hat er die Tür geöffnet und geschlossen, ist dicht am Stuhl des Mannes, der immer noch darauf wartet, eine Aussage machen zu dürfen, vorbeigegangen, hat, übertrieben freundlich, so kommt es Markus vor, der Sekretärin, der einzigen Person in diesem Raum, die ihm vertraut sein muß, zugenickt und sich hinter seinem Schreibtisch verschanzt.

»Warum haben Sie an diesem Abend am Fenster gestanden?«

Markus glaubt, immer noch Spuren der Wut, die

Berger gezwungen hat, das Zimmer zu verlassen, und die Berger vielleicht selbst nicht versteht, aus Bergers Fragen herauszuhören. Der Nachbar von Selma Bruhns, der schon gestern abend die Polizei benachrichtigt haben muß, räuspert sich wieder, bevor er Berger antwortet. Sind sie in das Haus eingebrochen, überlegt Markus, während er, ohne den Mann anzusehen, auf seine Antwort wartet, haben sie die Tür aufgebrochen und sind in den Gestank eingetaucht, haben sie in der Diele gestanden, über sich den nächtlichen Tumult der Tiere, bis sie endlich das Zimmer entdeckten, vielleicht durch den schmalen Lichtstreifen unter der Tür, in dem sie auf dem Sessel saß, den weißen Schal fest um den Hals geschlungen?

»Ich war an diesem Abend zufällig in unserem Schlafzimmer, das im ersten Stock des Hauses liegt und von dessen Fenster aus ich den Vorgarten von Frau Bruhns einsehen kann.«

»Zufällig«, sagt Berger, und Markus hat den Wunsch, Berger möge aufhören, möge den Mann endlich in Ruhe lassen, ihn das wenige, was er zu berichten hat, sagen lassen.

»War es wirklich Zufall oder eine krankhafte Gewohnheit, Ihre Nachbarin, mit der Sie nur einmal gesprochen haben, auszuspionieren?«

Die Sekretärin, die bisher geschwiegen hat, auch nicht durch Blicke hat erkennen lassen, daß sie Anteil nimmt, steht auf und, Markus und dem Mann den Rücken zuwendend, sagt zu Berger:

»Kann ich dich einen Augenblick allein sprechen?«

Markus hatte lange in der Kammer gehockt, neben den Holzkisten im künstlichen Licht der Glühbirne. Er hatte allmählich sein Zeitgefühl verloren. Waren es Minuten oder Stunden, in denen er nichts anderes getan hatte, als die Briefbögen aus der Kiste zu nehmen, sie auseinanderzufalten, zu glätten, das Datum zu entziffern und zu versuchen, sie in einen chronologischen Zusammenhang zu bringen? Mit dem Zeitgefühl war ihm auch das Gefühl für die Tageszeit verlorengegangen, als er ihre Stimme hörte.

»Herr Hauser.«

Nicht laut, nicht aufgeregt, aber deutlich und bestimmt.

Stand sie in der Diele, vor dem Portrait des alten Mannes?

»Herr Hauser.«

Markus richtete sich auf. Auf dem Boden lagen die geordneten und gestapelten Briefbögen. Er ging zur Tür und verließ die Kammer.

»Wo sind Sie?« sagte er, nur halblaut, als er die Diele betrat und sie nicht dort war.

Am ersten Tag war er gegen Mittag, als es aufgehört hatte zu regnen und die Sonne über dem Haus von Selma Bruhns stand, aus der Kammer in die Diele gegangen, durch die Diele bis zur Haustür, war hinausgetreten auf die Stufen, die in den Vorgarten führten, und hatte sich gegen die Hauswand gelehnt. Er atmete tief und schnell die frische Luft ein, um sich von dem Katzengeruch, der ihr Haus beherrschte, zu erholen. Das Licht spiegelte sich auf den vom Regen nassen Steinplatten, die zur Pforte führten. Markus ging jetzt die Stufen hinunter, bis er auf dem schmalen Trampelpfad stand, der sich durch das an der Hauswand wuchernde hohe Gras schlängelte. Benutzten ihn die Katzen, auf ihren Raubzügen in den Garten? Er folgte dem Pfad. Als er unter den Fenstern der Küche stand, die wie alle anderen verdunkelt waren, blieb er stehen. Hier lagen, fast vom Gras und Unkraut verdeckt, leere Flaschenkisten, halb verfault und verwittert. Hatte Selma Bruhns die Fenster geöffnet und die Kisten hinausgeworfen? Markus suchte sich eine der Kisten aus, die noch stabil und tragfähig aussah, stellte sie dicht an die Hauswand und stieg hinauf. Die von der Sonne ausgebleichten Küchentücher, mit denen die Fenster verhängt waren, ließen einen Spalt frei, durch den Markus in die halbdunkle Küche spähen konnte. Er drückte ohne Scheu sein Gesicht dicht an die Scheibe und schirmte mit den Händen das Licht ab. Er sah Selma Bruhns. Sie saß auf dem harten Stuhl am Küchentisch, den Blick auf die Wand gerichtet. Sie rauchte. Langsam, in einer Zeitlupenbewegung, führte sie die Zigarette an den Mund.

Er wollte wieder zurückgehen in die Kammer. Hatte sie ihn wirklich gerufen, oder hatte er sich getäuscht, als er auf dem Boden hockte und in einem der Briefe las, die er ordnen sollte. Nur zwei Sätze: *Es wird Zeit, Almut, daß ich ans Meer fahre und versuche, auf dem Wasser zu gehen, weil die Schiffe, die im Hafen liegen, dahin fahren, wohin ich nicht will.* Der erste Satz. *Glaube mir, die Sonne, die hier brennt, ist nicht die gleiche, die Dich wärmen soll.* Der zweite. Als aber drei, oder waren es vier, Katzen die Treppenstufen hinunterstürmten, durch die Diele rannten und verschwanden, sah er, daß die Haustür offenstand. Er folgte den Tieren, die schon im kniehohen Gras und in den Brennesselwäldern untergetaucht waren. Langsam ging er um das Haus herum. Selma Bruhns stand in dem mit Gartenplatten ausgelegten Hof, den sie durch eine Seitentür der Küche erreichen konnte. Als Markus näher kam, sah er den Stapel Hefte, den sie in der Mitte des Hofvierecks aufgeschichtet hatte. Als er noch näher kam, erkannte er sie als Notenhefte. Er konnte den Namen auf dem Deckblatt des Heftes lesen, das zuoberst des Haufens lag. Als er sie erreichte, sagte Selma Bruhns, die neben dem aufgestapelten Papier stand und ihn teilnahmslos ansah, als würde sie ihn kaum wahrnehmen: »Sie haben ein Auto.«

Überrascht antwortete Markus mit ja, noch wußte er nicht, was sie von ihm wollte, noch dachte er, er sollte in die Stadt fahren, um eine Besorgung zu machen, oder sie selbst wollte ihr Haus mit ihm verlassen.

»Ja«, wiederholte er, »ich habe ein Auto.«

Es war ein Scheiterhaufen, den Selma Bruhns im Hof ihrer Villa aufgeschichtet hatte.

»Haben Sie einen Reservekanister mit Benzin?«

Da Markus den Grund ihrer Frage erkannte, weigerte er sich zu antworten, als wollte er nichts damit zu tun haben, bis Selma Bruhns sagte: »Holen Sie ihn.«

Markus war zur Straße gegangen und hatte den Kofferraum seines Wagens geöffnet. Er nahm den Reservekanister heraus, der wochenlang herumgelegen und den er erst vor wenigen Tagen gefüllt hatte. Er schlug den Kofferraumdeckel zu und ging zurück zu dem Hof, wo Selma Bruhns neben den aufgeschichteten Heften stand, genau am gleichen Platz, wie Markus sie verlassen hatte, um ihren Befehl, da er nicht gewagt hatte zu widersprechen, war es einer, auszuführen und den Kanister zu holen.

»Öffnen Sie ihn«, sagte Selma Bruhns, und Markus, der seinen Widerwillen und seine Angst nur mühsam unterdrücken konnte, schraubte den Verschluß des Kanisters ab. Da es heiß war und die Sonne über dem Hof stand, bildeten sich Benzindünste, die Markus über das Gesicht strichen. Er hatte das Gefühl, das Benzin nicht nur zu riechen, sondern auch zu schmecken.

»Geben Sie mir den Kanister«, sagte Selma Bruhns, nahm ihn, einen Schritt auf Markus zukommend, aus seiner Hand und begann, mit einer zeitlupenhaften Ruhe, durch die das Geschehen auf Markus wie ein Ritual wirkte, das Benzin über die Notenhefte zu gießen. Sie reichte ihm den Kanister zurück.

»Schrauben Sie ihn wieder zu«, sagte sie.

Markus wartete darauf, daß sie ihn um sein Feuerzeug bitten würde, aber Selma Bruhns griff in die Tasche ihres Kleides und holte eine Streichholzschachtel heraus, nahm ein Streichholz und rieb es an der rauhen Fläche der Schachtel. Es entzündete sich. Sie warf das brennende Hölzchen auf den Papierhaufen. Mit einer Explosion der Benzindämpfe brach das Feuer aus. Es leckte über die sofort lichterloh brennenden Notenhefte hinaus auf die Steinplatten, bis das dort vergossene Benzin verbrannt war. Die Flammen waren in dem hellen Mittagslicht kaum zu sehen, aber die Luft begann zu flimmern.

»Wenn es vorbei ist, gießen Sie Wasser über die Asche«, sagte Selma Bruhns, wandte sich ab und ging auf die Küchentür zu, durch die sie die Notenhefte in den Hof getragen haben mußte.

»Sie ließ ja niemanden an sich heran.«

Er spricht in der Vergangenheitsform von ihr, denkt Markus, der etwas entfernt von ihm neben dem Plakat steht, auf dem der junge Polizist dem Betrachter zutraulich seine Hand entgegenstreckt.

»Es ist wahr, ich habe sie beobachtet, vor allem in der ersten Zeit, als ich das Haus gekauft hatte und versuchte, den Kontakt zu den Nachbarn aufzunehmen, ich habe an ihrer Gartenpforte geläutet, aber nicht gewagt, den Vorgarten zu betreten und zum Haus zu gehen, als sie nicht öffnete, ich habe ihr einen Brief geschrieben, nein, keine Vorwürfe, nur eine Einladung zu einem nachbarlichen Besuch, und als sie darauf nicht reagierte, habe ich versucht, sie über die Gartenmauer hinweg anzusprechen, aber sowie sie mich sah, drehte sie sich um und ging zum Haus zurück, damals waren es noch nicht so viele Katzen, und das Haus war noch in einem guten Zustand, nur der Garten war schon verwildert, und allmählich begann mich ihre meist unsichtbare Gegenwart zu beunruhigen, die zugehängten Fenster, ja, der Gestank und die Katzen, die immer mehr wurden und keine Rücksicht auf

Grundstücksgrenzen nahmen, auch, aber das war nicht das Entscheidende, wie soll ich es erklären, natürlich belästigte mich der penetrante Geruch, wir konnten kaum in unserem Garten sitzen, und der Lärm der Tiere, ihre grausamen Kämpfe oft direkt vor meiner Terrassentür, die zugehängten Fenster und das Unkraut, das in meinen Garten hineinwucherte, nein, das alles war lästig, ärgerlich, ihr Grundstück wurde zu einem Schandfleck in unserer Gegend, aber was mich wirklich beunruhigte, war die Musik, das Klavierspiel, jeden Nachmittag, wenn ich nach Hause kam, lauschte ich, wartete bald darauf, ich bin kein musikalischer Mensch, sie schien immer das gleiche Stück zu spielen, was sicher nicht den Tatsachen entsprach, vielmehr meiner Unkenntnis von klassischer Musik zuzuschreiben ist, aber was ich eigentlich sagen will, ist, ich wurde süchtig nach dieser Musik, die aus diesem verfallenden Haus zu mir herüberklang, ein Fremdkörper in meiner nüchternen Welt, meine Frau und ich haben keine Kinder, wir leben ein ruhiges, ereignisloses Leben mit festen Gewohnheiten, vielleicht war es das, diese Musik wurde sozusagen ein Teil meiner Gewohnheiten, an den Tagen, und es wurden mit den Jahren immer mehr, an denen sie nicht spielte, fehlte mir etwas, ich begann auf die Musik zu warten, ungeduldig, und ich begann, wie in der ersten Zeit, als es vielleicht doch

Neugier war und Ärger, sie wieder zu beobachten, aber jetzt war es anders, ich hatte, ob es durch die Musik kam, ich bin kein musikalischer Mensch, weiß ich nicht, ein Gefühl oder ein Bedürfnis, mit ihr zu sprechen, als wollte ich sozusagen herausfinden, ob ihre Stimme zu ihrer Musik, zu meiner Vorstellung davon, ich kann es schwer ausdrücken, paßte, das klingt vielleicht etwas verrückt, aber mir kam es ganz natürlich vor, dieses Bedürfnis, ich wollte wissen, ob ihre Worte, wenn sie sie aussprach, genauso geheimnisvoll, in meinem Leben gab es keine Geheimnisse, ja, geheimnisvoll klangen wie ihre Musik, und als es mir endlich gelang, als ich sie überraschte, sie konnte nicht mehr fliehen, ich war einfach zu schnell, sie stand an der Gartenmauer, vielleicht suchte sie eine ihrer Katzen, als ich sie endlich ansprechen konnte, fiel mir nichts Besseres ein, als mich über den Gestank und die Verwahrlosung des Gartens zu beschweren.«

Er hat Markus nicht angesehen, während er sprach. Die Röte, die bei Bergers Angriffen seine Haut verfärbt hat, ist verschwunden, in dem Flurlicht sieht sein Gesicht kränklich aus, er lehnt sich gegen die Wand und reibt ab und zu seine Schultern an der glatten Fläche, als verspüre er ein lästiges Jucken im Rücken.

»Wie sollte ich das dem Kommissar erklären«, sagt er.

Nachdem die Sekretärin, von der Markus jetzt zu wissen glaubt, daß sie keine Sekretärin, vielleicht sogar die Vorgesetzte von Berger ist, sie gebeten hat, den Raum zu verlassen, ist Markus zusammen mit dem Nachbarn von Selma Bruhns auf den Flur gegangen, wo sie darauf warten, von der Frau oder von Berger selbst in das Büro zurückgerufen zu werden. Markus hat nicht versucht, mit dem Mann zu sprechen, er hat sich absichtlich etwas entfernt von ihm neben das Plakat gestellt, und als der Nachbar von Selma Bruhns ihn anspricht, als er nicht wieder aufhört zu reden, hat Markus den Wunsch, Berger möge die Tür öffnen und den Mann zum Schweigen bringen.

Es ist die Frau, deren Namen Markus nicht kennt, die den Flur betritt und sie auffordert, wieder hereinzukommen. Sie gehen, die Frau voran, gefolgt von dem Mann, der seine Aussage immer noch nicht hat machen können, als letzter Markus, der versucht, so weiten Abstand wie möglich von den anderen einzuhalten, durch den Vorraum, in dem Markus hat warten müssen, und betreten Bergers Büro.

Dieser hat seinen Schreibtischstuhl in die rechte Ecke des Zimmers gerollt. Er steht jetzt seitlich zum Fenster. Die kurzen Beine von sich gestreckt, die Ellenbogen auf die Stuhllehnen gestützt, die Hände vor seinem Kinn, das er mit den Daumen leicht berührt, gefaltet, sitzt er in der Ecke und blickt ihnen entgegen. Als Markus zu ihm hinübersieht, schnell, bevor er den Blick wieder abwendet, glaubt er, ein listiges Augenzwinkern zu bemerken, doch als er sich auf seinen Platz setzt, ist er sich sicher, daß er sich getäuscht hat. Auch der Nachbar von Selma Bruhns hat sich auf seinen Stuhl gesetzt, ihn etwas näher an Markus heranziehend, als habe der kurze Aufenthalt auf dem Flur eine Gemeinsamkeit zwischen ihnen geschaffen, die er auch hier, vor Bergers Blick, nicht aufgeben will. Die Frau bleibt neben dem Schreibtisch stehen.

»Herr Vorberg, ich werde Ihnen jetzt einige Fragen stellen und bitte Sie um kurze und präzise Antworten«, sagt sie.

Als Markus den Namen des Mannes hört, kommt es ihm vor, als verändere der Mann sich, bekäme plötzlich festere Umrisse und einen sicheren Platz in diesem Raum.

»Sie sagten, Sie wären gestern abend in Ihrem Schlafzimmer gewesen, von wo aus Sie in den Vorgarten von Frau Bruhns blicken können«, fährt die Frau fort.

»Das ist richtig«, antwortet der Mann.

»Wieviel Uhr war es?«

Markus sieht wieder hinüber zu Berger. Als gehe ihn das alles nichts an, hat Berger seinen Kopf zum Fenster gewendet. Beobachtet er auch die Kräne, dirigiert von dem nicht sichtbaren Kranführer hoch oben in der Glaskabine?

»Es war kurz nach zehn Uhr«, sagt Vorberg, sein Tonfall klingt erleichtert.

»War es nicht zu dunkel, um etwas zu erkennen?« fragt die Frau. Sie zieht ihren Stuhl näher an den Schreibtisch und setzt sich.

»Nein, es war noch nicht zu dunkel.«

»Was haben Sie gesehen?«

»Er«, sagt der Mann und deutet vorsichtig auf Markus, »ist aus dem Haus von Selma Bruhns gekommen.«

»Das ist nichts Ungewöhnliches, oder?« sagt die Frau, »was hat Sie veranlaßt, die Polizei zu benachrichtigen?«

Markus war vom Hof aus nicht in die Kammer zurückgegangen, die seit gestern sein Arbeitsplatz war, fensterlos, nackte Glühbirne, kein Stuhl, kein Tisch, die Wände grau vom Staub, der aufwirbelte, wenn Markus einen neuen Stapel Papier aus einer der Kisten nahm. Oder war Selma Bruhns hereingekommen, hatte die Deckel geöffnet und in den Briefen gelesen, die sie gesammelt hatte?

Er war in den Garten gegangen, zu einer gußeisernen Bank, von Büschen umgeben, die er am Vortag, auf seinem Rückweg zum Haus, den leeren Plastikeimer in der Hand, entdeckt hatte. Noch immer glaubte er, die Wärme des Feuers unter seiner Haut zu spüren. Er wußte nicht, wie lange er auf der Bank gesessen hatte. Er blickte in die grüne Wildnis, wobei er das Gefühl hatte, schon bald keine Einzelheiten mehr wahrzunehmen. Er rauchte und beobachtete die Ameisen, die unter seinen Schuhen hervorkamen und auf geheimnisvolle Weise das Ziel, das sie erreichen wollten, zu kennen schienen. Als er sich umwandte, stand sie hinter ihm.

»Wie alt sind Sie, Herr Hauser«, sagte Selma Bruhns.

»Ich bin zweiundzwanzig Jahre alt«, antwortete Markus wahrheitsgemäß.

»Was studieren Sie, Herr Hauser?« sagte Selma Bruhns, ohne den Platz hinter seinem Rücken zu verlassen, was Markus zwang, sich, über die Schulter blickend, zu ihr umzuwenden.

Bevor Markus ihre Frage beantworten konnte, trat Selma Bruhns hinter der Bank hervor – er glaubte, sie würde sich neben ihn setzen, und für Sekunden stockte sein Atem –, machte einige Schritte auf den Baum zu, der ungefähr zehn Meter entfernt stand, blieb stehen und sagte, Markus den Rücken zuwendend: »Sie brauchen nicht zu antworten, wenn Sie es nicht wollen.«

Und auch jetzt, noch ehe Markus etwas erwidern konnte, bewegte sie sich von ihm fort, hatte die Birke fast erreicht und stützte sich mit der rechten Hand gegen den Stamm, als hätte sie einen Schwächeanfall, der sie zwang, sich gegen den Baum zu lehnen, dessen Zweige herabhingen und ihr Gesicht mit Schatten bedeckten.

»Wenn ich ehrlich bin, studiere ich nicht. Ich gehe nicht hin«, sagte Markus. Er konnte, als die Sonne die Wolkendecke durchbrach und er vom Gegenlicht geblendet wurde, ihre Gestalt nicht mehr deutlich wahrnehmen, glaubte aber, sie beobachtete ihn durch die herabhängenden Zweige hindurch, was ihn unruhig machte und in ihm die Vorstellung erweckte, er säße vor einer Kommission, die seine Fehler und Versäumnisse aufdecken wollte.

»Sie müssen einen Beruf haben«, hörte er sie sagen.

»Ich will Schriftsteller werden«, antwortete er. Ihm stieg nicht wie sonst, wenn er seinen Wunsch, den er insgeheim für größenwahnsinnig hielt, anderen gegenüber preisgab, die Röte in das Gesicht.

Sie trat unter den Zweigen hervor, ging dicht an der Bank vorbei auf ihr Haus zu, Markus mußte sich umwenden, wenn er sie ansehen wollte. Er tat es nicht.

Als er zur Straße gegangen war, um den Reservekanister wieder in den Kofferraum seines Autos zu legen, war ihm auf dem Fußweg eine Frau entgegengekommen, einen kurzbeinigen, watschelnden Hund an der Leine, der direkt neben Markus stehenblieb, sein Hinterbein hob und gegen den Stamm des Straßenbaumes pißte. Die Frau sprach ihn an. Vielleicht war sie im Alter kleiner geworden, und ihr Rücken bog sich nach vorn in ihrem dünnen Sommermantel, ihr Haar hing in grauen Strähnen unter dem Hut hervor. Ihre dürre, zu einer kleinen Faust geballte Hand hielt die Leine des Hundes fest, der an ihr zu zerren begann.

»Es ist ein Mops«, sagte die Frau, die vielleicht glaubte, Markus würde sich für den Hund, den er tatsächlich verblüfft angestarrt hatte, interessieren, oder die das Tier benutzte, um Markus unverfänglich anzusprechen, denn ihre Blicke nahmen ihre nächste Frage schon vorweg.

»Ich habe gesehen, daß Sie aus dem Haus von Selma Bruhns gekommen sind«, sagte sie.

»Das bin ich«, antwortete Markus.

»Das ist sehr ungewöhnlich«, fuhr die Frau fort, ihre Blicke waren, während sie weitersprach, auf die Villa von Selma Bruhns gerichtet, und sie reagierte wütend, als der Hund wieder an der Leine zerrte, »das ist sehr ungewöhnlich. Sind Sie ein Verwandter von Selma?«

Sie nannte Frau Bruhns Selma, als hätte sie sie ihr Leben lang gekannt, und die Betonung, mit der sie diesen Vornamen aussprach, verriet Markus eine Vertrautheit, die ihm Mut machte, die Frau zu fragen, ob sie Selma Bruhns näher kannte.

»Selma. Sie spricht nicht mehr mit mir. Sie läßt mich nicht in ihr Haus. Seit sie zurückgekommen ist, und das liegt schon viele Jahre zurück, hat sie nicht mehr mit mir gesprochen. Der Möbelwagen fuhr vor, Sachen wurden in das Haus getragen, der Möbelwagen fuhr fort, ich stand am Zaun und sah Selma entgegen, ich war aufgeregt, als sie kam, um die Gartenpforte zu schließen, aber – sie hat mich gesehen, ich weiß, daß sie mich gesehen hat – kein Blick von ihr, kein Wort, die Pforte wurde verriegelt, sie ging zurück zum Haus und hat es seitdem nicht wieder verlassen«, einen Augenblick hielt die Frau inne, wandte den Blick zu Markus und sah ihn an, »wie kommt es, daß Selma Sie hereinläßt?«

»Ich arbeite für sie«, hatte Markus geantwortet.

»Sie müssen mich für eine aufdringliche, alte Frau halten, aber vielleicht verstehen Sie es, Selma und ich, immer, wenn ich an diesem Zaun entlanggehe, fällt es mir ein, und es ist immer ein kurzer, stechender Schmerz, Selma und ich, wir waren damals immer zusammen, wir waren Freundinnen, als wir jung waren, sehr jung. Alberne Geschöpfe waren wir, um genau zu sein. Backfische nannte man das damals. Selma und ich, und natürlich Almut, wir drei waren gefürchtet in der ganzen Nachbarschaft.«

Der Redefluß der alten Frau stockte. Sie sah Markus an, als würde sie erst jetzt wahrnehmen, daß sie zu einem ihr fremden Menschen sprach. »Entschuldigen Sie.«

Sie wollte weitergehen, der Hund zog sie vorwärts, aber schnell, als wäre es eine Gelegenheit, die nicht wiederkommen würde, sagte Markus:

»Wann haben Sie zum letzten Mal mit Frau Bruhns gesprochen?«

»Vor dem Krieg«, war ihre Antwort. Noch einmal wandte die Frau sich zu Markus um.

»Sagen Sie ihr nichts, es hat zu lange gedauert, das Schweigen, ich bin darüber uralt geworden. Selma wußte immer genau, was sie tat. Sie wird ihre Gründe haben.«

Sie ließ sich endgültig von ihrem Hund fortziehen. Markus hatte den Benzinkanister, den er immer noch in der Hand hielt, in den Kofferraum geworfen, die Klappe zugeschlagen und das Auto wieder abgeschlossen.

»Schriftsteller brauchen Erfolg oder viel Geld, sonst haben sie keine Zeit zum Schreiben«, sagte Selma Bruhns, die jetzt wieder hinter der Bank stand, auf der Markus saß. Da er seinen Widerwillen spürte, sich zu ihr umzuwenden, stand er auf, fühlte durch die Schuhsohlen hindurch den weichen Grasboden unter sich, und mit einem erleichterten Ausatmen sagte er: »Ich werde beides haben, Erfolg und Geld.«

Als wäre er selbst erschrocken über seine Worte,

sah er sie an und beobachtete, wie Selma Bruhns mit einer Bewegung, die so leicht und mühelos wirkte, daß Markus in ihr das junge Mädchen wiedererkannte, von dem die Frau auf der Straße gesprochen hatte, ihren rechten Arm hob und über ihre Stirn strich.

»Er hat die Haustür offengelassen«, sagt Vorberg.

Während Markus aufgerichtet auf seinem Stuhl sitzt, den Blick geradeaus auf das Fenster gerichtet, das er, da er die Augen zusammengekniffen hat, nur als hellen, rechteckigen Fleck wahrnimmt, hat der Nachbar von Selma Bruhns sich der Frau zugewandt, die an der Schreibtischkante sitzt und mit dem Bleistift auf das Holz der Schreibtischplatte schlägt.

»Er hat die Haustür nicht geschlossen«, wiederholt Vorberg, der jetzt Berger, der sich in seiner Ecke vollkommen still verhält, den Rücken zuwendet, »und ist die Stufen der Vortreppe hinuntergesprungen. Er ist durch den Vorgarten gelaufen. Bevor er die Straße erreichen konnte, gab es einen Platzregen. Heftig. Er hat sich einen Aktenkoffer über den Kopf gehalten und ist zu seinem Auto gerannt. Er ist eingestiegen und abgefahren. Die Gartenpforte hat er auch offenstehen lassen.«

Markus, der jedes Wort gehört hat, obwohl es den Anschein hat, er habe wie Berger alles Interesse an dem, was hier gesprochen wird, verloren, wendet den Blick vom Fenster ab und streift kurz die kleine, jetzt in sich zusammengesunkene Gestalt von Berger. Hatte er wirklich die Haustür offengelassen? Hatte er sich wirklich den Aktenkoffer über den Kopf gehalten? Er sieht Vorberg an, aber dieser erwidert den Blick von Markus nicht, fixiert immer noch, fast hilfesuchend, die Frau neben dem Schreibtisch, als habe er Angst, Berger könne sich einmischen und mit seinen unberechenbaren Fragen die mühsam von der Frau hergestellte Ruhe zerstören.

»Das genügte Ihnen, um die Polizei zu benachrichtigen«, sagt die Beamtin, die jetzt den Bleistift aus der Hand legt und sich, auch von ihr geht ein kurzer Blick zu Berger, in ihrem Stuhl zurücklehnt.

»Natürlich nicht sofort. Ich wartete.«

»Worauf?«

»Ich wartete, ob Frau Bruhns kommen und die Haustür schließen würde. Das Licht aus der Diele fiel auf die Stufen. Ich sah einige der Tiere, die das Haus verließen. Aber Frau Bruhns kam nicht heraus. Die Tür blieb offen.«

»Sie hätten hinübergehen können.«

»Das sagt sich so leicht.«

»Statt dessen riefen Sie die Polizei.«

»Ja«, sagt Vorberg, und das kurze Wort klingt erleichtert, als habe er endlich in einer komplizierten Geschichte den Schlußpunkt gefunden.

»War es dieser Aktenkoffer?«

Berger ist von seinem Stuhl gesprungen. Er trippelt zum Schreibtisch. Er bückt sich und holt unter dem Schreibtisch einen Aktenkoffer hervor. Er legt ihn vor dem Mann auf die Schreibtischplatte, läßt die Schlösser aufschnappen, aber öffnet den Koffer nicht.

»Ja, so ein Koffer war es«, sagt Vorberg, während er und Markus Berger beobachten, der zu seinem Stuhl zurückgeht, ihn vor sich herschiebt bis zu seinem Schreibtisch, sich darauf schwingt und beide Hände flach auf die Schreibtischoberfläche legt, als wolle er ihnen klarmachen, er habe den Schreibtisch erneut in Besitz genommen und sie müßten wieder mit ihm rechnen.

»Aber natürlich gibt es viele solcher Koffer. Sie sehen alle gleich aus. Ich kann nicht behaupten, es wäre gerade dieser Koffer gewesen, den Herr Hauser sich gestern abend über den Kopf gehalten hat, um sich vor dem Platzregen zu schützen.«

Markus ist zusammengezuckt, als er seinen Namen hört, den dieser Mann so selbstverständlich ausgesprochen hat, als sei er ihm seit langem vertraut. Er spürt den Wunsch, diesem Mann zu verbieten, ihn bei seinem Namen zu nennen.

»Öffnen sie ihn«, sagt Berger.

Vorberg, der jetzt Berger wieder ansehen muß, da dieser ihn direkt anspricht, ihm noch dazu einen Befehl erteilt, reagiert nicht, blickt Berger nur verständnislos an, als habe er nicht verstanden, als habe er die Worte wohl gehört, doch nicht begriffen, daß sie etwas mit ihm zu tun haben können.

»Öffnen Sie ihn«, wiederholt Berger.

»Wie komme ich dazu«, antwortet der Mann. Erst jetzt scheint er verstanden zu haben, daß er gemeint ist. Er steht auf und geht rückwärts zur Tür.

»Was gibt Ihnen das Recht, mich so zu behandeln. Was habe ich Ihnen getan? Ich bin gekommen, um eine Aussage zu machen, ich habe nicht erwartet, wie ein Verbrecher behandelt zu werden.«

Vorberg hat die Tür erreicht und tastet, ohne sich umzudrehen, nach der Türklinke, wobei er aufhört zu reden.

»Öffnen Sie ihn«, sagt Berger zum dritten Mal.

»Nein.«

Jetzt schreit Vorberg. Markus, der diesen Kampf zwischen den beiden Männern, den er nicht versteht, obwohl er das Gefühl hat, er müßte ihn verstehen, weil es um ihn zu gehen scheint, nicht länger ertragen kann, steht auf, geht zu Bergers Schreibtisch und hebt den Kofferdeckel hoch. Er blickt auf die Geldbündel, die sich in dem Koffer befinden.

»Sie können gehen«, sagt Berger zu Vorberg, der von der Tür her erst Berger ansieht, dann die Frau und zuletzt Markus. Er verläßt Bergers Büro und schließt die Tür hinter sich.

Bergers Kollegin steht auf.

»Bleib doch, Margret«.

Seine Stimme klingt freundlich und vertraut. Aber die Frau, deren Vornamen Berger so selbstverständlich vor Markus ausgesprochen hat, geht wie Vorberg vor ihr zur Tür, sagt: »Du weißt, wo du mich finden kannst«, und läßt Markus mit Berger allein.

Der dritte Tag

Markus wachte nicht auf. Im Halbschlaf tastete er mit der linken Hand über den Nachttisch, als um sieben der Wecker zu klingeln begann. Seine Finger fanden den Knopf, mit dem er den Alarm abstellen konnte.

Christine kam in das Schlafzimmer, und erst als sie sich auf das Bett setzte und ihre Hand auf seine Stirn legte, nahm er ihre Gegenwart wahr, wußte aber nicht, ob sie wirklich neben ihm saß oder ob sie ein Bestandteil seiner Träume war.

»Markus«, sagte sie, »willst du nicht aufstehen?«

Er antwortete nicht, obwohl er ihre Worte gehört hatte, aber er hatte keine Kraft, seine Lippen zu bewegen. Er wollte etwas sagen, vielleicht wollte er sie um Hilfe bitten, aber dann hörte er die Tiere heranstürmen. Erst war es nur das Aufschlagen der Katzenpfoten auf den Boden, dann hörte er sie, noch bevor er sie sah. Er roch ihren Gestank. Unwillkürlich, jetzt konnte er sich bewegen, griff er nach Christines Hand. Als die Tiere so nahe herangekommen waren, daß er ihre Pfoten auf seinem Körper spürte, schlug er die Augen auf.

»Gut, daß du da bist, Christine«, sagte er, vollkommen ruhig, sich halb aufrichtend und nach der Zigarettenschachtel greifend, die auf dem Nachttisch lag. Während er rauchte, blieb Christine bei ihm, schob ihre Hand unter die Bettdecke und berührte sein Geschlecht.

»Wartet diese Frau auf dich?« fragte sie, wobei Markus in ihrer Stimme weder Neugier noch Eifersucht entdecken konnte, nur das ruhige Interesse, das sie von Anfang an für Markus empfunden zu haben schien und von dem Markus nicht wußte, wie ernst es gemeint war. Christine zog ihre Hand zurück und stand auf, ging zum Schreibtisch, der vor dem Fenster stand, und nahm eine mit einem Gummiband zusammengehaltene Rolle vergilbter Papiere von der Schreibtischplatte, löste aber das Gummiband nicht, hob die Rolle an ihre Nase und roch daran.

»Hast du das mitgebracht?« fragte sie und legte die Rolle zurück, als würde ihr Interesse nicht ausreichen, sie länger in der Hand zu halten.

»Es sind Briefe. Ich habe sie aus den Kisten gestohlen, die voll von Briefen sind«, sagte Markus. Er drückte seine Zigarette im Aschenbecher aus, schlug die Decke zurück, er fröstelte, obwohl es warm war in dem Zimmer, und stand auf.

»Warum hast du das getan?« fragte Christine. Wie immer bei ihren Fragen war Markus nicht sicher, ob sie wirklich eine Antwort erwartete. Er spürte den Wunsch, sie zu umarmen. Er tat es nicht.

»Ich wollte die Briefe retten«, sagte er, ging an ihr vorbei und verließ das Schlafzimmer.

Christine folgte ihm in die Küche.

»Ich möchte mit dir reden«, sagte sie, »aber ich habe keine Zeit mehr.«

»Worüber willst du mit mir reden«, sagte Markus, sich den Kaffee, den Christine für ihn gekocht hatte, aus der gläsernen Kanne eingießend, bevor er sich auf den Stuhl neben dem Küchentisch setzte und seine zweite Zigarette anzündete.

»Über diese Frau«, sagte Christine, »ich habe das Gefühl, daß du weit weg gehst, wenn du zu ihr gehst, als wärst du nicht mehr hier, in dieser Stadt, in der Nähe, als wärst du in einem fremden Land.«

Die letzten beiden Worte sprach sie zögernd aus, als wäre sie sich nicht sicher, ob es die richtigen waren.

»Ich komme heute abend wieder«, sagte er, »ich brauche nicht mehr lange für meine Arbeit.«

»Wie lange?« fragte Christine.

»Zwei, drei Tage.«

Am fünften Tag, an dem Selma Bruhns ihn zum ersten Mal in ihr Zimmer geführt und ein abgegriffenes Kartenspiel aus der Tasche ihres Kleides herausgeholt hatte – die Karten steckten in einer mit einer Lasche verschlossenen Papphülle, auf der sich das Reklamebild einer Bierfirma befand –, war Markus, nachdem er das Haus von Selma Bruhns am Abend verlassen hatte, zu Rufus gefahren.

»Hast du ein Kartenspiel«, hatte er Rufus gefragt, »ein einfaches Skatblatt genügt.«

Rufus, der wie immer seine Ledermontur trug, schwarze, enge Hose und eine fransenbehangene, ebenfalls schwarze Jacke, und der immer wieder in sein plötzliches Lachen ausbrach, hatte keine Fragen gestellt und die Karten auf den Tisch gelegt.

»Zieh eine Karte«, hatte Markus gesagt. Rufus zog eine Zehn. Markus zog ebenfalls eine Karte, einen Buben.

»Die erste Runde geht an mich«, sagte Markus, »jetzt zieh noch einmal.«

Rufus zog eine Dame. Markus eine Acht.

»Die letzte Karte zählt«, sagte Markus, er zog wieder einen Buben. Rufus nahm die oberste Karte von dem Stapel, einen König.

»Du hast gewonnen«, hatte Markus gesagt, und Rufus lachte sein krähendes Lachen, sagte: »Bist du verrückt geworden?«, setzte sich in den Sessel, sagte: »Ich habe gewonnen, na und?«, nahm die Bierdose, die neben dem Sessel auf dem Boden stand, trank, sagte: »Ich lese dir das Gedicht vor, das ich gestern abend gemacht habe«, und Markus hatte sich auf den Teppich gesetzt und zugehört. Dann war er nach Hause gefahren.

Berger hat seinen Platz am Schreibtisch, den er gerade erst eingenommen hat, wieder verlassen, ist von seinem Stuhl gesprungen, um den Schreibtisch herumgegangen, wobei er im Vorbeigehen den Deckel des Aktenkoffers zugeschlagen hat, ohne die Schlösser zu schließen, hat sich der Tür genähert, ist aber, während Markus überlegt, ob er ihn wieder allein lassen würde, nicht zur Tür gegangen, sondern zu dem Schrank, hat ihn geöffnet und eine Jacke herausgenommen. Er hat die Schranktüren, nachdem er den Bügel, auf dem die Jacke hing, in den Schrank zurückgeworfen hat, wieder geschlossen, die Jacke liegt jetzt über seinem angewinkelten linken Unterarm. Er hat sich Markus zugewandt und in einem Tonfall, von dem Markus nicht weiß, ob er freundlich, gleichgültig oder abweisend klingt, die Wut scheint besänftigt zu sein, gesagt: »Kommen Sie, Herr Hauser.«

Markus steht auf und geht an Berger vorbei aus dem Büro. Er erwartet, im Vorraum Margret zu sehen, aber ihr Platz ist leer.

»Wir haben in Ihrer Wohnung nicht nur den Aktenkoffer mit dem Geld gefunden, sondern auch mehrere Briefe aus dem Besitz von Selma Bruhns«, sagt Berger.

Sie gehen den Flur entlang bis zum Fahrstuhl, wo Berger auf den Rufknopf drückt und sie wartend stehenbleiben.

»Warum haben Sie diese Briefe an sich genommen?«

Weil ein anderer Polizeibeamter, Berger mit einem Kopfnicken grüßend, zu ihnen getreten ist, antwortet Markus nicht. Die Doppeltüren öffnen sich, und sie betreten die erleuchtete Fahrstuhlkabine. Sie fahren nach unten. Im dritten Stock verläßt der andere Mann die Kabine, und Berger und Markus sind allein.

»Ich wollte die Briefe retten«, sagt Markus.

»Erklären Sie es mir.«

Mit einem sanften Aufsetzen erreicht die Fahrstuhlkabine das Erdgeschoß, die Türen weichen auseinander, Berger und Markus verlassen den Fahrstuhl.

»Wenn ich einen Stapel Briefe geordnet hatte, kam Selma Bruhns zu mir in die Kammer und trug den Stapel fort«, sagt Markus.

Sie gehen durch die von Fensterwänden zur Straße hin erhellte Eingangshalle auf den Ausgang zu, Berger schnell und trippelnd, während Markus vergeblich versucht, seine Schritte denen von Berger anzupassen.

»Was machte Selma Bruhns mit den Briefen?« fragt Berger.

Am Abend des vierten Tages hatte Markus auch die zweite Holzkiste leer geräumt. Auf dem Fußboden der Kammer häuften sich die Briefbögen mit den Markus schon vertrauten Schriftzügen. Als er noch einmal auf den Boden der Kiste blickte, um sicher zu sein, keinen Brief zurückgelassen zu haben, fiel ihm ein matt schimmerndes, helles Rechteck auf, das sich von der bräunlichen Pappe, mit der die Bretter des Kistenbodens ausgelegt waren, abhob. Markus beugte sich weit in die Kiste hinunter und griff nach dem Papierbogen, der offensichtlich von einer anderen Beschaffenheit war als die auf normales Papier geschriebenen Briefseiten.

Als er sich wieder aufgerichtet hatte und das feste, sich glatt und biegsam anfühlende Blatt umdrehte, sah er in das Gesicht einer jungen Frau, die den Blick direkt auf den Betrachter des Bildes richtete.

Markus lehnte sich gegen die Wand der Kammer und hielt das Bild dicht unter die Glühbirne, als hoffte er, so noch genauer die Details der Fotografie zu entziffern und auf diese Weise herauszufinden, wer diese junge Frau war, in deren Blick Markus jetzt, im helleren Licht der Glühbirne, ein spöttisches Aufblitzen wahrzunehmen glaubte, als machte sie sich über den Betrachter der Fotografie lustig. Die Bluse, die die Abgebildete trug, die Frisur, die kaum sichtbare Kette, an der eine Brosche hing, und die fast unter dem Haar verborgenen Ohrringe ließen Markus an eine lange vergangene Zeit denken, aber das Gesicht war so lebendig, daß Markus glaubte, es schon gesehen zu haben, in einem Café, im Kino, auf der Straße. Als er die Fotografie leicht zur Seite neigte und das Licht in einem anderen Winkel auf das Fotopapier fiel, erkannte er sie. Es war Selma Bruhns. Vielleicht die Selma, von der die Frau gesprochen hatte, als Markus den Benzinkanister zu seinem Auto zurückgebracht hatte.

Er erschrak, als er ihre Stimme hörte, denn er hatte sie nicht kommen hören. Die Fotografie entglitt seinen Fingern und fiel zu Boden.

»Was haben Sie da?« fragte Selma Bruhns, ihre Stimme klang nicht unbeteiligt, sie klang böse, als hätte sich Markus unerlaubt etwas angeeignet und etwas gesehen, was seinen Blicken verborgen bleiben sollte.

Dieses Mal blieb sie nicht – wenn sie kam, um die von Markus geordneten Briefstapel zu holen, betrat sie die Kammer nie, wartete auf der Schwelle, bis Markus ihr die Briefe brachte – in der Tür stehen. Zwei Schritte. Sie hatte Markus erreicht, bückte sich und hob das Foto auf. Als sie sich wieder aufgerichtet hatte, als sie das Bild umwendete und es ansah, veränderte sich für einen kurzen Augenblick ihr Gesichtsausdruck. Markus glaubte sich nicht zu täuschen, ihr Gesicht wurde so jung wie das Abbild auf der Fotografie.

»Es ist ein Foto von Ihnen«, sagte Markus.

»Nein.«

Sie ließ das Bild los. Es fiel zu Boden. Langsam ging sie zurück zur Tür, wo sie sich noch einmal umwandte, und während sie sprach, glaubte Markus, in ihren Augen das spöttische Aufblitzen wiederzuerkennen, mit dem die junge Frau auf dem Foto den Betrachter ansah.

»Wir waren zwei.«

Selma Bruhns hatte die Kammer verlassen.

Liebe Almut,

als wisse es, daß ich mir wünsche, eine Welle würde es überrollen und hinunterwirbeln auf den Grund, den ich unter mir spüre, wenn ich über das Deck gehe und mich an der Reling festklammere, kämpft das Schiff gegen die Wellen, fällt tief hinab, richtet sich auf und kämpft weiter. Ich weiß nicht, wo ich bin, weit von Dir entfernt, weit von allen Ufern entfernt, weil es so sein muß, weil ich auf der Flucht bin.

Im Speisesaal, unter den Kronleuchtern, deren Kristallanhänger klirren, in denen sich das Licht bricht, sitze ich neben dem Engländer. Ich kenne nur seinen Vornamen. Harry, als hätte er diesen Namen schon getragen, bevor er auf die Welt kam. Der mich zum Lachen bringt. Er erzählt vom Frieden. Von der Schule, auf der nichts gelernt zu haben er vorgibt. Außer der Zuneigung zu den Büchern, von denen er immer eines bei sich hat und darauf besteht, mir vorzulesen. Während ich zuhöre, er hat eine Stimme, die so jung klingt, als läse ein Sechzehnjähriger aus der Thora vor, drückt der Wind gegen die Bullaugen. Ich bin noch nicht fort, Almut. Ich gehe noch immer den Weg durch den Vorgarten zur Pforte, über die Steinplatten, deren Muster – schwarze und braune Flecken, Erdteile auf einer Landkarte – mir vertraut sind, seit wir zusammen zur Schule gingen und die Schulranzen auf unseren Rücken tanzten, wenn wir liefen, um nicht zu spät zu kommen. Wir sind oft zu spät gekommen, Almut. Harry hat gesagt, Brasilien ist das Land der in den Ästen der Bäume hängenden Schlangen, die sich über den Amazonas beugen, in dessen Wasser die kleinen Fische auf ihre Beute lauern, auf Menschenfleisch, das von den flußaufwärts stampfenden Kanonenbooten fällt.

Als sich das Schiff vom Kai entfernte, glaubte ich, Dir noch etwas sagen zu müssen, das zwischen uns noch niemals ausgesprochen worden war, aber jetzt, während ich schreibe, am schmalen Tisch meiner Kabine sitzend, fällt es mir nicht ein, es ist, als hätte sich ein kleines schwarzes Loch in mein Gedächtnis gebrannt. Die See wird ruhiger, die Wellen wiegen das Schiff in einen Dämmerschlaf, in dem es blind seinen Weg findet, von Seevögeln begleitet, deren Schreie das Lebendigste sind, was ich auf dieser Reise gehört habe. Natürlich hat Harry versucht, mich zu küssen. Wir standen im Windschatten unter der Brücke, und die Luft, die so weich geworden ist und Sonnennebel mit sich trägt, hat uns als warmen zarten Panzer umfangen, als er seinen Arm um mich legte. Ich habe mich nicht gewehrt, aber Harry spürte die Gleichgültigkeit, die mir anhaftet wie ein Aussatz, er zog seinen Arm zurück und sagte: In zwei Tagen werden wir in Brasilien sein.

Wir waren im Café und Du trankst einen Cognac, Du hast ihn in deine Kaffeetasse gegossen, wie Du es immer tust, mir an dem runden Tisch am Fenster gegenübersitzend, im Zwielicht, da die Lampen im Café schon brannten, draußen aber das schwächer werdende Tageslicht noch über dem Platz lag, und Du sagtest: Wenn wir uns wiedersehen, werden die Tage kürzer sein.

Die Kabine hat mit dunkelrotem Holz verkleidete Wände, dessen Maserung mich mit verwobenen Zeichen umgibt, die ich, wenn ich im Bett liege, zu deuten versuche. Ich sitze an einem Tisch, in dessen Platte ein Stück braunes Leder mit goldköp-

figen Nägeln gespannt ist, vor mir der Briefblock, den ich aus dem Schreibtisch mitgenommen habe, in dem Vater seine Schreibutensilien hortete, erinnerst du Dich, Almut, obwohl er sich zeitlebens geweigert hat, einen Brief zu schreiben. Vor mir, unter dem runden Fenster, dessen Glas dem Meer standhalten muß, hängt die Zeichnung eines Schiffes, mit dünnen Strichen umrandete Segel, der Rumpf schwarz über dem hellen Blau des Wassers, das durchsichtig erscheint. Ich glaube, die Quallen zu sehen, die sich unter der Oberfläche wiegen, und der Wind, der in die Segel bläst, treibt das Schiff unaufhaltsam von mir fort. Ich stelle mir vor, es ist auf dem Weg zu Dir, mit einer unleserlichen Botschaft, einem Brief, den der Monsunregen durchnäßt und die Tinte verwischt hat. Wenn wir uns wiedersehen, werden die Tage kürzer sein.

Harry sagt, wir lassen nicht nur ein Land zurück, nicht nur die Menschen, die uns vertraut sind, wir lassen auch unsere Worte zurück, die, die wir gesprochen haben, und die, die wir gehört haben.

Es klopft an der Kabinentür, Almut.

Markus hatte später als an den beiden vorherigen Tagen seinen Wagen unter den Kastanienbäumen abgestellt, hatte seine Aktentasche vom Rücksitz genommen, die Türen des Autos verriegelt und war, ohne sich zu beeilen, obwohl er das Gefühl hatte, wie immer, wenn er zu spät kam, versagt zu haben, über die Steinplatten durch den Vorgarten gegangen. Die Haustür war verschlossen. Da er den Klingelknopf nicht finden konnte, klopfte er gegen die Tür und wartete. Er beobachtete zwei Tiere, die durch die Brennesseln strichen. Dicht hintereinander. Eine der Katzen war rotbraun getigert, die andere schwarz am ganzen Körper bis auf einen weißen, herzförmigen Fleck auf der Brust. Das schwarze Tier besprang das vor ihm laufende Weibchen und biß sich im Nacken fest. Die rotbraune Katze schrie, bis der Kater von ihr abließ, sich mit wenigen Sprüngen entfernte und im Unkrautdickicht verschwand.

Jetzt öffnete Selma Bruhns die Tür.

»Ich habe Sie nicht mehr erwartet, Herr Hauser«, sagte sie, und während Markus eine Entschuldigung murmelte, überlegte er, ob ein Bedauern in ihrer Stimme mitgeklungen hatte oder Ärger über seine Unzuverlässigkeit, doch er nahm nur die gleiche, unbeteiligte Kälte wahr, mit der sie Markus vom ersten Tag an begegnet war. Er wollte, die Diele betretend, sofort in die Kammer gehen und mit seiner Arbeit beginnen, um zu versuchen, die verlorene Zeit wieder aufzuholen, als etwas geschah, womit er nicht gerechnet hatte. Sie legte ihre Hand auf seinen Arm.

»Warten Sie.«

Markus, der sich schon von ihr abwenden wollte, blieb stehen. Er wagte es nicht, sich zu bewegen, als hätte er Angst, die Hand abzuschütteln.

»Kommen Sie.«

Wie immer erwartete sie keine Antwort von ihm, wandte sich zu dem Gang, der zur Küche führte, ihre Hand hatte sie schon nach wenigen Augenblicken zurückgezogen, und ging voran. Markus folgte ihr, noch immer verwirrt durch die flüchtige Berührung. Als sie in das Durchgangszimmer kamen, roch er trotz des Tiergestanks das Aroma frisch aufgebrühten Kaffees. Sie betrat vor ihm die Küche, in der wegen der verhängten Fenster das elektrische Licht brannte.

»Setzen Sie sich.«

Sie hatte auf dem Tisch für Markus einen Teller hingestellt, eine Tasse auf einer Untertasse, ein Messer lag neben dem Teller, die Butter befand sich noch im Silberpapier. In einem Korb lagen zwei Brötchen, eine Dose mit Pflaumenmus stand neben dem Eierbecher. Das Ei war noch warm, als Markus es berührte.

Er zögerte, sich an den Tisch zu setzen, den Selma Bruhns für ihn gedeckt hatte, als hätte ihn ihre Fürsorge erschreckt, vielleicht nur, weil er sie nicht erwartet hatte, genau so, wie er nicht erwartet hatte, sie würde ihre Hand auf seinen Arm legen, und obwohl er das Gefühl hatte, er müßte etwas sagen, war es ihm unmöglich, bis er schließlich den Stuhl zurückzog, »danke« sagte und sich an den Tisch setzte, aber als er aufblickte, hatte Selma Bruhns die Küche verlassen, und er wußte nicht, ob sie es noch gehört hatte.

»Was tat Selma Bruhns mit den Briefen, nachdem Sie sie geordnet hatten?«

Berger und Markus haben durch ein Gittertor den Parkplatz vor dem Polizeipräsidium betreten, der von einem hohen, mit Stacheldraht abgesicherten Zaun begrenzt wird. Markus ist zwei Schritte zurückgeblieben, als wolle er die Gelegenheit nutzen, sich hinter Bergers Rücken davonzuschleichen.

»Sie hat sie in den Hof getragen und verbrannt«, sagt Markus.

Berger bleibt bei einem Kleinwagen stehen.

»Sie wollen sagen, Frau Bruhns bezahlte Sie dafür, die Briefe chronologisch zu ordnen, um sie dann in ihrem Hof zu verbrennen?«

»Ja«, sagt Markus, der jetzt ebenfalls das Auto erreicht hat und, als sei es selbstverständlich, zur Beifahrertür geht. Berger schließt den Wagen auf und setzt sich hinter das Steuerrad, beugt sich zur Seitentür und öffnet sie.

»Steigen Sie ein«, sagt er zu Markus, der bis jetzt noch nicht gefragt hat, wohin Berger mit ihm fahren will. Markus schließt die Beifahrertür, Berger startet den Motor und fährt auf den Ausgang des Parkplatzes zu.

»Ich bin ihr heimlich gefolgt und habe es gesehen«, sagt Markus, nicht aus dem Wunsch heraus, sich zu rechtfertigen, nur um Berger eine Chance zu geben, es sich vorzustellen. In der Enge des Autos, so dicht neben dem Mann sitzend, den er heute morgen zum ersten Mal gesehen hat und dem er, auch wenn er es will, nicht entkommen kann, spürt Markus, daß er zu schwitzen beginnt. Berger sitzt, um mit seinen kurzen Beinen das Gaspedal, die Bremse und die Kupplung erreichen zu können, weit über das Steuerrad gebeugt mit dem Gesicht dicht hinter der Frontscheibe. Er bremst ruckartig, fährt zeitweise, auch wenn der Verkehr ein zügiges Fahren erlauben würde, langsam, um dann riskante Überholmanöver zu unternehmen. Sie sprechen nicht mehr, als müsse sich Berger darauf konzentrieren, sein Ziel zu erreichen, fahren am Marktplatz vorbei, durch schmale Seitenstraßen, schließlich halten sie vor einem Stadthaus, eingezwängt zwischen die anderen Häuser der Straße, eine schmale Treppe führt hinauf ins Hochparterre, zur Haustür. Berger gelingt es im dritten Versuch, in den Parkplatz nahe beim Haus einzuparken. Markus, der Berger beobachtet – da er neben ihm sitzt, sieht er Bergers Profil, die kurze Nase, den schmalen Mund, die Adern an der Schläfe –, wartet ohne Ungeduld darauf, aussteigen zu können.

Berger bleibt hinter dem Steuerrad sitzen, läßt seine Hände auf die Knie fallen, als habe ihn die Fahrt durch die Stadt erschöpft. Markus, der ihn beobachtet, ohne Neugier, aber vielleicht mit dem Wunsch, herauszufinden, was dieser Mann mit ihm vorhat, kann es ohne Angst tun, überrascht zu werden, denn Berger hat seinen Kopf zurückgelehnt und sieht nach oben.

»Steigen Sie aus«, sagt Berger.

Markus, der nicht mehr damit gerechnet hat, angesprochen zu werden, wendet seinen Blick von Berger ab und sieht durch die Frontscheibe auf die Straße, sieht, wie ein Mann zwei Blumenkübel aus seinem Auto hebt und auf den Fußweg setzt, sieht, wie der Mann die hintere Tür seines Kombifahrzeugs zuwirft und einen der Blumenkübel die Treppe hinaufträgt, die zu einer offenen Haustür führt.

Als Markus in der fensterlosen Kammer hockte, um sich herum die Briefstapel, die er geordnet hatte und die Selma Bruhns im Hof verbrennen würde, *Ich war zum Strand gegangen, ich hatte mich auf eine Bank gesetzt, und Herbert saß neben mir, als die Wellen auf den Sand schlugen und sich das Geräusch ihres Aufschlags mit dem Klang der Worte vermischte, die Herbert zu mir sagte und die ich nicht verstand, weil ich nicht zuhörte oder weil sie an mir vorbeiflogen, ohne mich zu berühren,* als er seine Aktentasche, die neben ihm an eine der Kisten gelehnt stand, zu sich herangezogen und geöffnet hatte, sah er, daß Christine ihm, wie an den vorherigen Tagen, ein Stück Brot in die Aktentasche gelegt hatte. Er nahm es heraus, verschloß die Tasche wieder und stand auf, öffnete die Tür der Kammer und ging durch die Diele zur Haustür. Selma Bruhns hatte er, nachdem sie ihn in die Küche geführt und gleich darauf verlassen hatte, nicht mehr gesehen. Durch die Haustür trat er hinaus in den Vorgarten. Er ging über die Steinplatten bis zur Pforte und setzte sich in das Gras, seinen Rücken gegen den Pfeiler lehnend.

Während er das Brot aß, er hatte nicht gewagt, sie um ein Glas Wasser zu bitten oder sich selbst eines aus der Küche zu holen, drückte er die Aluminiumfolie zu einer festen, runden Kugel zusammen. Er beobachtete die Villa, als wartete er darauf, die Haustür oder ein Fenster würde sich öffnen und sie würde vor das Haus treten oder am offenen Fenster sichtbar werden. Hinter ihm fuhren Autos durch die Straße. Er stand auf, nachdem er das Brot gegessen hatte, und trat durch die Pforte hinaus.

Während er auf die Telefonzelle zuging, holte er sein Portemonnaie aus der Jackentasche, in dem er seine Telefonkarte aufbewahrte. Er betrat die Zelle. Der Apparat war intakt und zeigte ein Guthaben von vier Mark auf der Telefonkarte an. Als er die Nummer des Steuerberaters gewählt hatte, bei dem Christine arbeitete, sich die Telefonistin gemeldet hatte und er auf die Verbindung wartete, befiel ihn die Furcht, Christine hätte das Büro verlassen, ohne zu sagen, wann sie zurückkäme. *Ich sah zum Horizont, den ein weißer Dunststreifen vom Himmel trennte, und mußte den Impuls bekämpfen, aufzustehen, Herbert zu verlassen und dem Horizont den Rücken zuzukehren.*

»Markus. Wo bist du?«

Er hörte ihre Stimme, und die Erleichterung, die er dabei spürte, machte es ihm unmöglich, zu antworten, so daß Christine seinen Namen wiederholte.

Nach dem Gespräch, in dem er, wie es ihm vorkam, nur belanglose Dinge gesagt hatte, war er zurückgegangen. Als er Selma Bruhns' Vorgarten betreten wollte, hielt vor der Pforte ein Lieferwagen, dessen Heranfahren Markus nicht bemerkt hatte. Ein Mann verließ die Fahrerkabine. Er ging um das Fahrzeug herum, auf dessen Seitenwand der Name eines Geschäfts für Hunde- und Katzennahrung stand, und öffnete die Schiebetür des Laderaumes. Markus war stehengeblieben und beobachtete den Mann, der eine Sackkarre aus dem

Innenraum zog, sie auf den Fußweg stellte und begann, Kisten auf die Karre zu stapeln.

»Ich habe das Brot gefunden, das du in meine Tasche gelegt hast«, hatte Markus gesagt, wobei er die Tür aufdrückte und seinen Fuß dazwischen stellte, da sich die Hitze in der Zelle gestaut hatte.

»Hast du es gegessen?«

Christines Stimme hatte dünn und scheppernd geklungen, und Markus hatte überlegt, ob seine Stimme auch so fremd und verzerrt bei Christine ankommen würde.

»Ich bin in den Vorgarten gegangen, habe mich ins Gras gesetzt, mich mit dem Rücken gegen einen Pfeiler gelehnt und das Brot gegessen«, hatte er gesagt. Obwohl Christines Stimme so entstellt war, hatte er bei ihrer nächsten Frage, »War sie dabei?«, eine Veränderung in ihrem Ton wahrgenommen.

»Nein, ich war allein«, hatte Markus gesagt, »aber heute hat sie mir in der Küche ein Frühstück auf den Tisch gestellt.«

Christine hatte nicht sofort geantwortet, einen Augenblick war die Verbindung zwischen ihnen nur ein leises Rauschen, so daß Markus den Hörer fester gegen sein Ohr preßte. Dann hörte er ihre Stimme wieder.

»Was will sie von dir?«

»Vielleicht wollte sie nur freundlich sein«, hatte Markus gesagt und die Tür der Zelle noch weiter geöffnet. Er war so weit aus der Zelle herausgetreten, wie es die Schnur zuließ.

»Ist sie freundlich?«

Markus hatte versucht, sich den Raum vorzustellen, in dem Christine saß und Fragen stellte, auf die er keine Antwort wußte.

»Was siehst du, wenn du aus dem Fenster deines Büros blickst?«

»Ich sehe auf die Straße«, hatte Christine, ohne zu zögern, gesagt, »gegenüber ist ein türkischer Gemüseladen. Die Leute bleiben stehen und nehmen Tomaten in die Hand. Daneben ist ein Friseursalon. Durch die Scheibe hindurch sehe ich die Frauen unter den Hauben sitzen. Ich lege jetzt auf, Markus.«

Markus steht auf dem Fußweg und beobachtet, wie Berger aus dem Auto steigt, die Fahrertür verschließt, um das Auto herumgeht und, ohne Markus anzusehen oder ihm ein Zeichen zu geben, er solle ihm folgen, die Treppe erreicht, die zur Haustür führt. Wie er die Stufen hinaufsteigt, wobei er sich an dem Treppengeländer festhält und das Gewicht seines Körpers hinaufzieht, und sich erst, als er den umgitterten Absatz vor der Haustür erreicht hat, zu Markus umwendet und ihn ansieht, ohne etwas zu sagen, ohne eine Geste zu machen, daß Markus ihm folgen soll. Markus muß den Wunsch unterdrücken, sich umzudrehen und die Straße hinunterzugehen, von der er weiß, daß sie zum Marktplatz führt, wo sich das Café befindet, in dem er oft mit Rufus gesessen hat. Bevor er zur Treppe geht und zu Berger hinaufsteigt, muß er den Widerwillen überwinden, diesem kleinen Mann zu folgen.

»Haben Sie das Geld gezählt, das sich in dem Koffer befindet?« fragt Berger, während er seinen Zeigefinger auf den Klingelknopf legt und Markus das Läuten im Innern des Hauses hört. Bevor Markus Bergers Frage beantworten kann, wird die Haustür von einer Frau geöffnet, die sie ohne Neugier, auch ohne Interesse ansieht. Sie trägt ein graues Kostüm, und ihre Haare, die ebenfalls grau sind, werden von einem im Nacken geschlungenen Knoten straff über die Kopfhaut gespannt.

»Herr Glowna erwartet Sie«, sagt die Frau zu Berger, den sie zu kennen scheint. Sie tritt zur Seite, und Berger, der kein Wort der Begrüßung sagt, geht an ihr vorbei in den Hausflur, wobei er dieses Mal, als sei es jetzt erforderlich, zu Markus gewandt, sagt: »Folgen Sie mir.«

Berger geht an der schweigenden Frau vorbei auf eine Tür zu und öffnet sie. Obwohl Markus die Frau in dem Licht kaum erkennen und auch die Blickrichtung ihrer Augen nicht erraten kann, fühlt er sich von ihr beobachtet. Er folgt Berger mit wenigen Schritten und betritt hinter ihm den Raum.

»Schließen Sie die Tür«, sagt Berger, der sich in einen der beiden Sessel gesetzt hat, die vor dem Schreibtisch stehen. Seine Schuhe berühren kaum den Boden, den ein sich an den Rändern aufrollender Teppich bedeckt. Durch die beiden schmalen Fenster kann Markus auf die Straße blicken. Der Mann, der die Blumenkübel in das entfernter liegende Haus getragen hatte, steht neben seinem Auto, besprüht die Frontscheibe aus einer Plastikflasche und wischt sie mit Papiertüchern trocken.

»Haben Sie das Geld gezählt, das sich in dem Koffer befindet?« sagt Berger, als würde er niemals eine Frage vergessen, bevor er eine Antwort erhalten hat. Während Markus den Mann auf der Straße beobachtet, der jetzt damit begonnen hat, die Rahmen und die Fußleisten zu besprühen und abzuwischen, hört er, wie hinter seinem Rücken die Tür des Zimmers geöffnet wird. Als er sich umblickt, sieht er die Frau im Türrahmen stehen, die, ohne das Zimmer zu betreten oder ihre Stimme zu heben, sagt: »Herr Glowna bittet Sie um etwas Geduld.«

Als Berger mit einer unerwarteten Schärfe in der Stimme, die Markus überrascht, sagt: »Lassen Sie uns allein«, tritt die Frau, ohne etwas zu erwidern, einen Schritt zurück und schließt die Tür.

»Nein, ich habe das Geld nicht gezählt«, sagt Markus, sich vom Fenster abwendend und zum ersten Mal, seitdem er dieses Zimmer betreten hat,

Berger direkt anblickend. Berger erwidert seinen Blick.

»Sie hat mir gesagt, wieviel Geld es ist. Sie hat gesagt, es seien hundertzwanzigtausend Mark.«

Markus geht mit wenigen Schritten vom Fenster weg, vorbei an dem Sessel, in dem Berger hockt, so daß er sich jetzt hinter dessen Rücken befindet, vor der Rückwand des Zimmers, die in ganzer Höhe von einem Bücherbord verdeckt ist. Das Gefühl der Ohnmacht, gegen das er sich, seit er Bergers Büro betreten hat, zu wehren versuchte, wird in diesem Augenblick so mächtig, daß nur die Furcht, im Flur auf die Frau zu treffen, ihn daran hindert, den Raum zu verlassen.

»Es sind genau hundertfünfundzwanzigtausend Mark«, sagt Berger, »ich habe es zählen lassen, nachdem wir den Koffer in Ihrer Wohnung gefunden haben.«

Er spricht so leise, daß Markus Mühe hat, seine Worte zu verstehen.

»Sie hat es mir geschenkt«, sagt Markus. Berger antwortet nicht.

Der Mann hatte die Kisten mit der Sackkarre bis zur Haustür gefahren, sie dort gestapelt und war zum Lieferwagen zurückgegangen, die leere Sackkarre mit einer Hand vor sich herschiebend. Dreimal hatte er den Weg zurückgelegt, dann hatte er begonnen, die Kisten die Stufen hinauf in das Haus zu tragen. Markus, der ihn beobachtet hatte, war ihm bis zur Treppe nachgegangen und hatte gewartet, bis der Mann zurückkam, um die nächsten Kisten aufzuheben. Er hatte ihn gefragt, ob er helfen sollte. Der Mann hatte ihn angesehen, als würde er erst jetzt sein Vorhandensein wahrnehmen, dann hatte er genickt.

»Die Kisten müssen in den Keller«, hatte er gesagt und war wieder die Stufen hinaufgegangen. Markus hatte sich gebückt, zwei der Kisten aufgenommen und war die Stufen hinaufgegangen, aber bevor er das Haus betreten konnte, war ihm Selma Bruhns durch die offene Haustür entgegengekommen. Sie trat nicht zur Seite, um Markus vorbeigehen zu lassen, so daß er vor ihr stehenbleiben mußte.

»Lassen Sie das«, hatte sie gesagt, leise, ohne eines ihrer Worte durch eine Betonung hervorzuheben, »für diese Arbeit bezahle ich Sie nicht.«

Er stellte die Kisten auf den Treppenstufen ab, ging, sich gegen den Türrahmen drückend, an Selma Bruhns vorbei in das Haus und in die Kammer. Er hockte sich zwischen die auf dem Boden liegenden Briefstapel, aber als er seine Arbeit wiederaufnahm, das Datum oben auf der ersten Briefseite entzifferte – 3. 8. 43 –, den Haufen suchte, auf dem er die Briefe des Jahres dreiundvierzig stapelte, die Briefbögen dort ablegte und zu den nächsten griff, hielt er inne, als würde ihm zum ersten Mal bewußt, daß er überhaupt nicht verstand, was er tat. Obwohl er spürte, daß diese Arbeit einen Sinn haben konnte, nur nicht für ihn, aber vielleicht für sie, die ihn dafür bezahlte, ließ er seine Hand sinken und saß einen Augenblick bewegungslos da. Er richtete sich wieder auf und verließ die Kammer. In der Diele sah er, daß die Haustür inzwischen geschlossen war. Der Mann, der die Katzennahrung gebracht hatte, hatte seine Arbeit beendet.

»Frau Bruhns«, sagte er, so leise, als würde er seiner eigenen Stimme mißtrauen. Als zwei der Tiere die Treppe herunterrannten und dicht an seinen Schuhen vorbeistrichen, mußte er den Wunsch unterdrücken, nach ihnen zu treten. Er ging den schmalen Gang hindurch, der in den Vorraum führte, von wo die Küche und die vorderen Zimmer zu erreichen waren, aber auch hier war sie nicht. Auch nicht in der Küche, in die Markus hineinsah, ohne sie zu betreten. Er hatte das Gefühl, sie unbedingt finden zu müssen. Aber er wußte nicht, was er ihr sagen wollte. Als ihm das bewußt wurde, gab er seine Suche auf, ging aber nicht zurück in die Kammer, betrat statt dessen durch die vordere Tür das Zimmer, in dem der Flügel stand. Ohne zu zögern, ging er auf ihn zu, öffnete die Klappe, zog sich den Klavierhocker heran und begann, das einzige Klavierstück zu spielen, das er beherrschte. Er hörte nicht auf, bis er es beendet hatte. Dann nahm er die Hände von den Tasten und ließ sie seitlich an seinem Körper herabhängen.

Schließlich stand er auf, wandte sich zu der Glastür, die auf die Terrasse führte, öffnete sie und trat hinaus in das schwächer werdende Nachmittagslicht.

Ich trat auf den Balkon, Almut, und sah über die Dächer der Stadt. In dem Himmel, der sich über sie wölbte, spiegelte sich das entfernte Meer, und in dem Zwischenraum lebe ich mit den Vögeln, die dicht über meinem Kopf kreisen und leise schreien, als hätten sie eine Botschaft für mich.

Markus sprang die Stufen hinunter, ging über die Wiese, deren Grashalme bis an seine Knie reichten, in den hinteren Teil des Gartens, von wo aus Selma Bruhns' Haus nicht mehr zu sehen war. Als er sie fand, blieb er stehen und wagte nicht mehr, sich zu bewegen.

Sie lag unter dem Ahornbaum, der an der Mauer stand, die das Grundstück begrenzte. In seinem Schatten wuchs das Gras nur spärlich, und die Erde dicht am Stamm war nackt. Sie hatte sich mit dem Rücken auf den Boden gelegt, die Arme neben ihrem Körper ausgestreckt. Ihr Kopf berührte leicht den Stamm des Baumes, die Augen hatte sie geschlossen. Markus starrte wie gebannt auf ihren Körper, ohne sich von der Stelle zu rühren, doch als er sah, daß sich ihr Brustkorb leicht hob und senkte, spürte er ein Gefühl der Erleichterung.

»Kann ich Ihnen helfen?« sagte Markus, erstaunt, daß seine Stimme ihn nicht im Stich ließ.

Sie schlug die Augen auf, wandte aber ihren Blick nicht Markus zu, sondern sah, ohne zu blinzeln, in das dunkle Blätterdach über ihr.

»Spionieren Sie mir nach?« hörte Markus sie sagen, leise wie immer, aber mit einem verborgenen Spott in den Worten, der Markus Mut machte, sich auf den Boden zu hocken, weit genug von ihr entfernt, um Zeit zu haben, sich wieder zu erheben, nah genug, um ihre Worte aufzunehmen.

»Nein, ich spioniere Ihnen nicht nach«, sagte er, »ich habe Sie gesucht, weil ich Ihnen sagen wollte, daß ich morgen nicht wiederkomme.«

»Sie werden wiederkommen«, sagte sie. Ohne die Lage ihres Körpers zu verändern und ohne den Blick Markus zuzuwenden, sah sie weiter hinauf in die Blätter.

»Warum?« sagte Markus, obwohl er wußte, daß sie recht hatte.

»Weil Sie auch heute gekommen sind«, sagte Selma Bruhns.

Markus erhob sich. Sie hatte die Augen wieder geschlossen. Er starrte auf ihre Brust, bis er sah, daß sie sich hob und senkte, erst dann wandte er sich ab und ging in die Kammer zurück.

Der vierte Tag

Liebe Almut,
wenn ich durch die Straßen gehe, höre ich durch die geöffneten Fenster das Schlagen der Trommeln unter dem Kindergeschrei und dem Pfeifen der Papageien. Über dem Asphalt flimmert die Luft, das Licht blitzt auf in den Glasscherben, die am Straßenrand liegen, und im vom Meer kommenden Wind, der den Geruch der Fische mit sich trägt, flattert die Wäsche auf den Balkonen.

Ich rede mir ein, daß ich Glück gehabt habe oder daß ich glücklich bin, aber gleichzeitig habe ich das Gefühl, alle Sätze, in denen das Wort Glück vorkommt, beginnen sich schon, während ich sie denke oder ausspreche, von mir zu entfernen, bis sie so weit fort sind, daß nur noch ein sanftes, betäubendes Geräusch für mich zu hören ist.

In der Altstadt habe ich eine kleine Wohnung bezogen, eingerichtet mit geliehenen Möbeln, an denen der Geruch ihrer Besitzer haftet, in der ich keine Bilder dulde, um die Bilder, die ich unsichtbar in mir mitgenommen habe, als ich Dich allein ließ, zu schützen, da sie mein einziger Besitz sind.

Als ich das Schiff verließ, den fremden, heißen Boden unter den Füßen spürte, als der Zollbeamte meine Sachen durchsuchte und nichts fand, was wertvoll genug war, um einen Zoll darauf zu erheben, als ich, im Fond der Taxe sitzend, in die Stadt hineinfuhr, die mich empfing, als wollte sie mich verschlingen, als ich das Foyer des Hotels betrat, in dem im Schatten der holzgetäfelten Wände ein Klavierspieler vor seinem Instrument saß und schlief, als ich in dem Zimmer, in dem ich schlafen sollte, das Fenster öffnete, um den Geruch der Mottenkugeln zu vertreiben, und hinuntersah auf die Straße, in der die Menschen harmlos aussahen, glaubte ich einen Augenblick lang, angekommen zu sein. Doch als ich das Fenster schloß und mich auf den einzigen Stuhl setzte, der sich im Zimmer befand, lag ich wieder mit Dir im Schatten des Ahornbaumes, in den wir uns retteten, wenn die Augustsonne den Garten verbrannte. Du fingst an, die Blätter zu zählen, nie hattest Du Angst vor unlösbaren Aufgaben, bis es Abend wurde und wir die Kühle, die die Nacht ankündigte, ausnutzten, um in den Baum hineinzusteigen bis hinauf in die Spitze, die sich im Wind gegen unser Haus neigte. Ein Vogel zu sein müßte das Zweitschönste auf der Welt sein, sagtest Du. Als ich Dich fragte, was das Schön-

ste wäre, sagtest Du, Du wüßtest es nicht, aber Du würdest darauf warten, mit der gleichen Geduld, mit der Du anfingst, die Blätter des Baumes zu zählen. Wenn wir gerufen wurden, verhielten wir uns still, das Geräusch unseres Atmens vermischte sich mit dem Rascheln der Blätter und dem Knacken der Zweige, die sich um uns geschlossen hatten.

Am nächsten Morgen – ich hatte nicht erwartet, in dieser Nacht schlafen zu können, aber die Müdigkeit überfiel mich aus dem Hinterhalt und zog mich in eine traumlose Bewußtlosigkeit –, als ich hinunterging, stand Herbert am Fuß der Treppe, gab mir die Hand mit der Förmlichkeit eines Automaten und begleitete mich in den Frühstücksraum, wo wir uns schweigend gegenübersaßen, bis Herbert begann, mir in unserer Sprache, die er vorsichtig behandelte wie einen fremden, etwas gefährlichen Gegenstand, zu erklären, er wäre beauftragt worden, mir in den ersten Wochen meines Aufenthaltes zur Seite zu stehen. Das waren seine Worte, Almut, und ich sehe, wie der Spott in Deinen Augen aufblitzt.

Morgens, wenn ich in der Wohnung aufwache, die ich mit Herberts Hilfe gefunden habe und deren Wände so dünn sind, daß ich das Husten meiner Nachbarin höre, ihre Verwünschungen, die sich gegen ihren Papagei richten, dessen Kreischen durch das Treppenhaus hallt, bleibe ich lange bewegungslos liegen und blicke gegen die Decke des Zimmers, durch die sich dünne Risse ziehen, wie die Adern der Flüsse auf einer Landkarte. Ich stelle mir vor, die Flüsse zu befahren, durch Schluchten, Urwälder und durch das flache Land der Küsten, bis ich das Meer erreiche. Dort verlasse ich das Schiff, das mich hierhergetragen hat, gehe hinunter an die Grenze zwischen Land und Meer, die die Wellen in den Sand zeichnen, und blicke über das Wasser, mich gegen den Wind stemmend, der jeden Augenblick zu einem Sturm werden kann. Ich sehe uns, Dich und mich, Almut, wie wir auf Pferden mit dunkelbraun schimmerndem Fell, in dem sich glitzernder Wasserstaub abgesetzt hat, den Strand entlanggaloppieren, Du vorweg, Dein Haar wie eine Kappe Deinen Kopf umschließend, ich höre das Schlagen der Hufe in den von der letzten Flut nassen Sand bis zu mir herüberklingen, vom Wind von Kontinent zu Kontinent getragen, und erst wenn die Hufschläge leiser werden und verklingen, bis ich nur noch ein Echo höre, wende ich den Blick von der Zimmerdecke ab, schlage das Bettlaken zurück, unter dem ich geschlafen habe, und stehe auf.

Herbert bringt mir die ersten Worte der fremden Sprache bei, wenn er abends nach seiner Arbeit zu mir kommt. Er behandelt mich vorsichtig wie eine Figur aus Porzellan, er geht mit mir durch die Straßen der Stadt, er ist geduldig, wenn ich schweige, freundlich, wenn ich ihn beschimpfe, ängstlich, wenn ich meinen Arm um seine Schulter lege, wobei ich das Gefühl habe, ihn zu hintergehen. Ich werde ihn heiraten, Almut.

Glowna trägt einen grauen Anzug, dessen Jacke sich über seinem Bauch spannt. Der Haarkranz, der seine Glatze begrenzt, ist kurz geschnitten. Seine Augen werden durch Brillengläser in einem Stahlgestell vergrößert, in denen sich das Licht, das durch die Fenster in den Raum fällt, spiegelt. Seine Hände, die er in den Taschen seines Jacketts vergräbt, um sie gleich wieder herauszuziehen, hängen schwer an den dünnen Armen. An der rechten Hand trägt er einen Ring mit geschliffenem Stein.

Er hat das Zimmer vorsichtig betreten, als würde er in eine fremde Wohnung eindringen, hat die Tür so leise geöffnet und geschlossen, daß Markus seinen Eintritt erst bemerkt, als er Glownas Worte hört.

»Es tut mir leid, daß Sie warten mußten«, sagt er mit einer Freundlichkeit, die Markus überrascht, der nicht damit gerechnet hat, in diesem Haus willkommen zu sein. Berger ist nicht aufgestanden, als Glowna hereingekommen ist, hat nur, sich in seinem Sessel vorbeugend, sein Gesicht der Tür zugewandt und wortlos beobachtet, wie Glowna durch den Raum geht, wobei er sein Gewicht, sich leicht wiegend, von einem Bein auf das andere verlagert.

Als Glowna den Schreibtisch erreicht, bleibt er stehen und stützt sich mit einer Hand auf der Schreibtischplatte ab. Er blickt über Berger hinweg zu Markus, der immer noch hinter Bergers Sessel steht. Markus weicht Glownas Blick nicht aus. Für kurze Zeit bilden ihre Blicke eine Brücke, unter der Bergers in dem Sessel hockende Gestalt verschwindet.

»Sie sind Markus Hauser«, sagt Glowna, »ich freue mich, Sie kennenzulernen.«

Jetzt richtet sich Berger in seinem Sessel auf, schiebt sich nach vorn, bis seine Füße festen Halt auf dem Boden finden, und steht auf.

»Setzen Sie sich, Hauser«, sagt er.

Markus spürt, wie ihm das Blut in den Kopf schießt. Er tritt unwillkürlich einen Schritt zurück, so daß sein Rücken gegen das Bücherregal stößt, und versucht, den Abstand wiederherzustellen, den Berger vernichtet hat, als er ihn zum ersten Mal nur mit seinem Nachnamen angesprochen hat. Tat er es, um Glowna zu imponieren oder um Markus in Glownas Augen zu erniedrigen, weil er auch, wie Markus, die Freundlichkeit in Glownas Worten gespürt hat, die er wieder zerstören wollte?

»Ich bleibe stehen«, sagt Markus. Glowna, der sich den Schreibtischstuhl herangezogen und sich bequem hingesetzt hat, sagt: »Wollen wir zur Sache kommen, Herr Berger.«

Der Kommissar, jetzt zwischen Glowna und Markus vor seinem Sessel stehend, blickt immer noch zu Markus hinüber, der seinen Blick erwidert.

Endlich wendet sich Berger ab. Er setzt sich wieder in den Sessel, lehnt sich weit zurück, so daß er für Markus nicht mehr sichtbar ist, schlägt die Beine übereinander und sagt so leise, daß Markus es nur mit Anstrengung versteht: »Warten wir, bis Herr Hauser sich setzt, dann können wir zur Sache kommen.«

Glowna steht auf. Er geht um den Schreibtisch herum, an Bergers Sessel vorbei zu Markus, nimmt dessen Arm, die Berührung ist so vorsichtig, daß Markus sie kaum spürt, und führt ihn, der sich nicht wehrt, zu den Stühlen, die vor dem Schreibtisch stehen.

»Ich versichere Ihnen, die Stühle sind bequem«, sagt er.

Als Glowna ihn leicht an der Schulter anfaßt, setzt sich Markus auf den Stuhl, der am weitesten von Bergers Sessel entfernt ist.

»Ich habe Selma Bruhns nur einmal gesehen«, sagt Glowna, nachdem er seinen Platz hinter dem Schreibtisch wieder eingenommen hat und, eine der Schreibtischschubladen öffnend, ein Dokument hervorholt und es vor sich auf die Schreibunterlage legt, »sonst hatten wir nur telefonischen Kontakt, weil Selma Bruhns es so wollte.«

Als Glowna nicht weiterspricht, als er statt dessen das Dokument aufschlägt und zu lesen beginnt, spürt Markus, der jedes Wort Glownas gespannt in sich aufgenommen hat, den Wunsch, Glowna, dessen Freundlichkeit ihn überrascht hat, aufzufordern weiterzusprechen, in der Hoffnung, von diesem Mann etwas über Selma Bruhns zu erfahren. Aber Glowna schweigt und Markus sieht, daß Berger sich weit in seinen Sessel zurückgelehnt und die Augen geschlossen hat. In dem Schweigen, das sich im Zimmer ausbreitet, spürt Markus, wie die Unruhe, die in ihm entsteht, sich in Wut verwandelt, die aber kein Ziel hat, sich nicht gegen Glowna wendet, auch nicht gegen Berger, die ihn aber zwingt, wieder aufzustehen.

»Können Sie mir sagen, warum ich hier bin?«

Markus richtet seine Frage direkt an Glowna, der ihn, den Blick von dem Dokument abwendend, erstaunt ansieht.

»Ich dachte, der Kommissar hätte es Ihnen erklärt«, sagt Glowna, »ich war der Notar von Selma Bruhns. Vor fünf Tagen hat sie mich zu sich gebeten. Das war sehr ungewöhnlich. Ich erledigte alles Geschäftliche sonst telefonisch, wie ich schon gesagt habe. Als ich sie aufsuchte, bat sie mich, in ihrem Auftrag Nachforschungen über Sie anstellen zu lassen.«

Markus hatte lange wach gelegen. Schließlich hatte er die Decke zurückgeschlagen und war in die Küche gegangen, hatte den Hahn aufgedreht und das Wasser laufen lassen, bis es kalt wurde. Er hatte ein Glas unter den Wasserhahn gehalten, es gefüllt und in einem Zug ausgetrunken. Während er rauchte, hatte er aus dem Fenster gesehen, in das Zwielicht, das sich unmerklich aufhellte. Als er das Klingeln des Weckers gehört hatte, war er in das Schlafzimmer zurückgegangen.

»Du bist schon aufgestanden?« sagte Christine.

Während Christine im Badezimmer war, hatte Markus die Kaffeemaschine angestellt, zwei Teller aus dem Schrank genommen und Brot geschnitten.

»Die Kette meines Fahrrads ist gerissen.«

Christine hatte sich, ihr Haar noch naß vom Duschen, ihm gegenüber an den Tisch gesetzt und ihn, während sie ihre Tasse zum Mund führte, angesehen, als hätte sie ihm eine Frage gestellt.

»Ich fahre dich ins Büro«, sagte Markus. Er war hinuntergegangen und hatte vor dem Haus auf Christine gewartet.

»Du gehst also wieder zu ihr«, hatte Christine gesagt, als sie herunterkam, die Tasche tragend, in der sich die Akten befanden, die sie gestern abend mit nach Hause gebracht hatte. Markus war ihr entgegengegangen und hatte ihr die Tasche abgenommen. Als sie nebeneinander im Auto saßen, Markus den Motor startete und aus der Parklücke fuhr, sagte Christine: »Fahr durch die Kurfürstenallee.«

»Das ist ein Umweg.«

Aber Markus war dennoch an der Kreuzung abgebogen, hatte den Umgehungsring verlassen und war in das Villenviertel gefahren.

»Halte vor ihrem Haus.«

Obwohl Markus das Gefühl hatte, etwas Verbotenes zu tun, hatte er den Wagen angehalten, nicht vor ihrem Haus, sondern zwanzig Meter entfernt von der Eingangspforte.

Er war ausgestiegen und hatte, um den Wagen herumgehend, die Beifahrertür geöffnet.

»Welches Haus ist es?«

Als Christine ausgestiegen war und unter den Kastanienbäumen stand, glaubte Markus, in ihren Augen ein Glitzern zu entdecken, von dem er nicht wußte, was es bedeutete.

»Ich habe nicht vor ihrem Haus gehalten«, sagte Markus.

»Willst du nicht, daß sie mich sieht?«

Er hatte ihre Frage als Vorwurf empfunden.

Bevor er Christine folgte, schloß er das Auto ab und blieb neben dem Wagen stehen. Er blickte die Straße entlang, als wollte er sichergehen, daß sie nicht beobachtet wurden. Als er Christine mit wenigen Schritten eingeholt hatte, legte sie ihre Hand auf seinen Arm, aber Markus trat einen Schritt zur

Seite, so daß ihre Hand von seinem Arm heruntergglitt und sie, ohne sich zu berühren, weitergingen. Markus mußte sich gegen den Wunsch wehren, stehenzubleiben, Christine an den Schultern zurückzuhalten und sie zur Umkehr zu überreden.

»Wovor hast du Angst, Markus?« sagte Christine.

Er konnte ihre Frage nicht beantworten, da er nicht wußte, warum er sich auf ihre Bitte hierherzufahren, eingelassen hatte. Er wußte auch nicht, warum Christine hierherfahren wollte, ob es Neugier war oder der Wunsch, der Frau nahe zu sein, deren Briefe sie gelesen hatte.

Sie erreichten die Gartenpforte, und Markus stellte sich schützend vor den Eingang, als hätte er Angst, Christine würde den Vorgarten betreten. Die Villa von Selma Bruhns lag im Morgenlicht. Christine betrachtete den verwilderten Vorgarten und das Haus.

»Komm«, sagte Markus, aber sie blieb stehen, den Blick unverwandt auf die Villa gerichtet.

»Komm«, sagte Markus ein zweites Mal.

In dem Augenblick, als Christine den Blick vom Haus abwenden wollte, öffnete sich die Haustür und Selma Bruhns trat heraus. Sie blieb auf dem Vorplatz stehen, von dem die Stufen in den Garten führten. Ihr Blick war auf Markus und Christine gerichtet. Markus spürte nur noch den Wunsch zu fliehen. Er griff nach Christines Arm, um sie von der Pforte wegzuziehen. Aber Christine entzog ihm ihren Arm. Die beiden Frauen sahen sich an. Selma Bruhns vor ihrem Haus stehend, hoch aufgerichtet, statuenhaft, Christine vor der Pforte verharrend, von Markus allein gelassen, der sich einige Schritte zurückgezogen hatte. Dann trat Selma Bruhns zurück in ihr Haus und schloß die Tür.

Hat Berger noch die Augen geschlossen, als ginge ihn das, was in diesem Zimmer geschieht, nichts an? Als sei es nicht er gewesen, der Markus hierhergebracht hat? Als sei er nicht mehr verantwortlich für das, was in diesem Raum geschieht?

Markus spürt ein Prickeln in seinen Fingerkuppen. Unwillkürlich legt er die Hände an die Oberschenkel, als wolle er so das Zittern vor den beiden Männern verbergen. Obwohl er jedes Wort von Glowna gehört hat, obwohl er glaubt, Glowna verstanden zu haben, bleibt dieses Verstehen an den Worten haften und dringt nicht so weit in ihn ein, daß er reagieren kann.

Er versucht, seinen Blick auf einen Gegenstand zu heften, er versucht, sich Glownas Worte zu wiederholen und sie in Verbindung zu bringen mit den sechs Tagen, die er in Selma Bruhns' Haus gewesen ist. Schließlich versucht er, sich vorzustellen, daß Selma Bruhns mit Glowna gesprochen hat, aber seine Kraft reicht nicht aus, diese Vorstellung lebendig werden zu lassen. Gegen seinen Willen sieht er wieder die Fotografien vor sich, die auf Bergers Schreibtisch lagen, den Schal, um ihren Hals geschlungen, die geöffneten Augen, in denen er den blinden Fleck gesehen hat, die Plastikplane, mit der sie ihren Körper verhüllt haben.

»Jetzt wissen Sie, warum wir hierhergekommen sind, Herr Hauser.«

Es ist Berger, der spricht. Der sich in seinem Sessel aufgerichtet hat und ihn mit seinem Namen anspricht, der Markus ansieht, bis dieser sich ihm zuwendet.

Obwohl Bergers Worte nur eine einfache Feststellung getroffen haben, spürt Markus, wie das Kribbeln in den Fingerkuppen nachläßt und die Bilder, die er gesehen hat, verblassen. Während er Bergers Blick erwidert – dieses Mal, ohne sich dazu zwingen zu müssen –, verlieren auch Glownas Worte ihre Bedeutung. Er geht zu seinem Stuhl zurück, von dem er sich, ohne es zu bemerken, entfernt hat, setzt sich, und da er keine Frage stellen will, wartet er schweigend, bis Glowna sagt: »Ich habe den Bericht vor mir liegen.«

Erst jetzt, in der Ruhe des Wartens, wird die Vorstellung lebendig, daß sie mit diesem Mann gesprochen hat. Daß sie verlangt hat, Glowna solle über ihn Nachforschungen anstellen. Daß sie das getan hat, während er in der Kammer saß und die Briefe ordnete. Daß sie vielleicht den Bericht über ihn gelesen hat, während er gerade, in der Arbeit innehaltend, in einem der Briefe las. *Liebe Almut, wie viele Tage sind vergangen, seit wir uns zum letzten Mal gesehen haben? Ich wollte sie zählen, Tag für Tag und jeden Tag, aber die Zahlen sind mir durcheinandergeraten, und vergeblich versuche ich, mich in dem Wirrwarr der Zahlen, die ja Tage, Stunden und Minuten bedeuten, zurechtzufinden. Herbert möchte gerne Kinder haben. Ich habe mich geweigert, ein Kind zur Welt zu bringen.* Obwohl Markus glaubt, alles vor sich sehen zu können – wie Glowna das Haus betrat und wieder verließ, wie er in dem Gestank der Tiere in der Diele stand, wie Selma Bruhns in die Diele trat und mit ihm sprach –, stellt er sich nicht die Frage, warum Selma Bruhns diesen Mann in ihr Haus gelassen und warum sie ihn beauftragt hat, Nachforschungen über ihn anzustellen, als sei es eine Frage, die nur Selma Bruhns beantworten könne, was sie in jedem Fall verweigert hätte.

»Mich interessiert nur ein Detail aus diesem Bericht, das übrige ist bekannt und unerheblich«, sagt Berger, wobei weder an seinen Worten noch an seinem Blick, der an Glowna vorbei auf das Fensterkreuz gerichtet ist, zu erkennen ist, ob er weiter mit Markus spricht oder ob er seine Worte an Glowna richtet, »können Sie sich denken, welches Detail ich meine?«

Da Markus sich nicht angesprochen fühlt oder sich weigert, sich angesprochen zu fühlen, schweigt er.

»Wenn Sie es wollen, zitiere ich aus diesem Bericht«, sagt Glowna. »Siebzehnjährig wurde Markus H. in ein Krankenhaus eingeliefert und verbrachte drei Monate auf der psychiatrischen Station, davon einen Monat in der geschlossenen Abteilung. Näheres war nicht zu ermitteln, da die Ärzte sich auf ihre Schweigepflicht beriefen und sich das Pflegepersonal nur vage an den Patienten Markus H. erinnern konnte, aber immerhin bestätigte, daß der Patient Markus H. sich still und unauffällig verhalten hätte bis auf einen Zwischenfall, über den keine weitere Auskunft gegeben wurde.«

Glowna, der den Bericht hochgehalten und mit ruhiger Stimme aus ihm vorgelesen hat, legt das Papier zurück auf den Schreibtisch. Er weicht dem Blick von Markus aus, wendet sich an Berger und sagt: »Ich nehme an, Ihre Untersuchungen rechtfertigen das Zitieren aus einem vertraulichen Bericht.«

Markus hat Glowna zugehört, als ginge es in diesem Bericht nicht um ihn, sondern um einen ihm unbekannten Mann, als habe der Bericht nicht mehr mit ihm zu tun als eine beliebige Zeitungsmeldung und als sei er nicht, von Selma Bruhns in Auftrag gegeben, in Glownas Hände geraten. Aber als Glowna seinem Blick ausweicht und sich an Berger wendet, als dieser auf Glownas Worte mit einem Nicken reagiert, hat Markus zum ersten Mal den Verdacht, die beiden Männer hätten sich, bevor Berger ihn hierhergebracht hat, auf ein geplantes Vorgehen geeinigt. Sie hätten ihre Worte wie die Texte eines Theaterstücks festgelegt, ihre Gesten genau einstudiert, um seine Reaktionen zu provozieren. Sie hätten die Rollen verteilt, Bergers Schroffheit und die Freundlichkeit Glownas, um ihn in die Enge zu treiben, während er in diesem Spiel genau so reagiert hat, wie sie es wollten.

Selma Bruhns öffnete die Tür der Kammer, in der Markus seit drei Stunden auf dem Boden hockte, nachdem er Christine in die Stadt gefahren hatte, zurückgekommen war, seinen Wagen vor ihrem Haus abgestellt hatte, durch die Haustür, die nicht verschlossen war, ihr Haus betreten hatte und, ohne Selma Bruhns zu Gesicht zu bekommen, in die Kammer gegangen war. Seit drei Stunden atmete er den Geruch ein, der den Briefseiten anhaftete und der sich mit dem Katzengestank vermischte. Während er arbeitete, Seite für Seite auf die verschiedenen Haufen ablegte, die unmerklich unter seinen

Händen wuchsen, hatte er das Gefühl, sich mit jeder Briefseite, die er in die Hand nahm, weiter aus der Gegenwart zu entfernen, immer tiefer hinunterzugleiten, ohne zu wissen, wo er ankommen würde. Worte aus den Briefen, die er gelesen hatte, erwachten zum Leben. Er befand sich in Straßen, in denen er nie gewesen war, hörte das Schreien und Pfeifen von Tieren, die er nicht sah, deren Gegenwart er aber ahnte, spürte das Brennen der Sonne auf der Haut, deren Macht er noch nie gespürt hatte, sah eine Frau auf sich zukommen, die ihn in einer Sprache anredete, die er nicht beherrschte.

»Ich möchte Sie bitten, in die Stadt zu fahren«, sagte Selma Bruhns, im Türrahmen stehenbleibend, ohne die Kammer zu betreten. Markus, der zu ihr aufblicken mußte, wartete darauf, während er sich aufrichtete, daß sie weitersprach, den Morgen erwähnte, als sie ihn mit Christine auf der Straße entdeckt hatte und von ihnen beobachtet worden war, als wäre sie ein seltenes, nur noch im Zoo zu sehendes Geschöpf. Aber Selma Bruhns wandte sich ohne ein weiteres Wort ab und ging ihm voraus in die Diele. Sie griff, während sie ihn ansah und er in ihren Augen Spuren einer Müdigkeit zu entdecken glaubte, die sie an den Tagen vorher vor ihm verborgen hatte, in die Tasche ihres Kleides und holte das Portemonnaie heraus, aus dem sie ihn jeden Abend, bevor er das Haus verließ, bezahlte.

»Gibt es noch das Lederwarengeschäft an der Ecke der Marktstraße zur Himmelpforte«, sagte Selma Bruhns, ohne ihre Worte als Frage zu betonen. Da das Geschäft, so lange Markus zurückdenken konnte, existierte und da es in der belebten Einkaufsstraße lag, da es durch drei große Schaufenster, in denen Koffer, Aktentaschen und andere Lederartikel ausgestellt waren, auffiel und da es zwischen den Schaufenstern einen Durchgang in die Himmelpforte gab, den viele der Fußgänger als Abkürzung benutzten, konnte ihre Frage nur bedeuten, daß sie seit vielen Jahren nicht mehr in die Stadt hinuntergegangen war.

»Ja«, sagte Markus.

Selma Bruhns öffnete das Portemonnaie, nahm drei Hundertmarkscheine heraus und gab sie Markus.

»Wir rechnen ab, wenn Sie zurückkommen«, sagte sie, »ich brauche einen Aktenkoffer, schwarzes Leder, einfache Beschläge, ich weiß nicht, was er kostet, aber ich nehme an, dreihundert Mark reichen aus.«

Und als hätten sie sich schon zu lange in der Diele gegenübergestanden, als hätte sie schon zu viele Worte gebrauchen müssen, um ihr Anliegen vorzubringen, wandte sich Selma Bruhns ab und ging auf die Tür zu, hinter der sich das Zimmer befand, das sie als einziges in ihrem Haus bewohnte und das Markus noch nicht betreten hatte. Als ihre Hand auf der Klinke lag und sie im Begriff war, die Tür zu öffnen, hielt sie inne, sagte, ohne sich umzuwenden: »Bitte«, wobei sie das Wort so leise aussprach, daß Markus es nur undeutlich hörte.

Sie ließ ihn allein, und er ging in die Kammer zurück, um seine Tasche zu holen. Erst als er das Haus verlassen hatte, konnte er das Gefühl der Erleichterung zulassen, als hätte ihm jemand eine Tür geöffnet und er würde nach langer Gefangenschaft das Tageslicht wiedersehen. Er ließ sich Zeit.

Nachdem er in die Stadt gefahren war, hatte er sein Auto in einem Parkhaus abgestellt. Er nahm seine Tasche vom Rücksitz, verschloß die Fahrertür und ging zum Fahrstuhl. In der Kabine befand sich außer ihm nur ein Junge, der so klein war, daß er kaum die Knöpfe zur Bedienung des Fahrstuhls erreichen konnte. Markus erwiderte das Lächeln, mit dem der Junge ihn ansah. Im Erdgeschoß, als sich die Türen der Kabine öffneten, ließ er dem Jungen den Vortritt, ging durch das kühle Betongewölbe und verließ das Parkhaus.

Die Sonne blendete ihn, als er die Straße betrat. Er blieb so abrupt stehen, daß der Mann, der nach ihm das Parkhaus verlassen wollte, ihn anrempelte und eine unverständliche Entschuldigung murmelte. Markus ging nicht sofort in die Innenstadt, um Selma Bruhns' Auftrag auszuführen. Er wandte sich nach rechts und ging die Grabenstraße entlang, die zu den Wallanlagen führte. Er überraschte sich dabei, den entgegenkommenden Passanten in die Augen zu sehen, als wollte er herausbekommen, ob er ihnen schon einmal begegnet war. Er lauschte auf die Worte, die er im Vorbeigehen hörte, gierig, keines zu verpassen, glücklich, wenn er einen Zusammenhang zwischen den Worten herstellen konnte. Als er die Brücke erreichte, die über den Wallgraben führte, blieb er in ihrer Mitte stehen, beugte sich über das Brückengeländer und blickte hinunter in das Wasser, auf dessen Oberfläche Blätter schwammen. Er hatte das Gefühl, je länger er hier blieb, um so weiter würde er sich von der Kammer entfernen, in der er noch vor einer Stunde gehockt hatte. Er versuchte, sein Gesicht in dem Wasserspiegel zu entdecken, und spürte die Lust, einen Stein hineinzuwerfen, um die sich vergrößernden Wellenringe zu beobachten, in deren Mittelpunkt der Stein versunken war. Ein Gefühl der Leichtigkeit begann ihn zu erfüllen, und lange stand er unbeweglich am Geländer, um dieses Gefühl nicht zu vertreiben.

»Markus!«

Fast widerwillig wandte er sich um und sah Rufus auf sich zukommen.

Liebe Almut,

gestern sind wir in Herberts Elternhaus gezogen. Seine Mutter ist gestorben, nachdem sie sich ein Jahr lang gegen das Tier gewehrt hat, das in ihrem Leib saß und sie von innen auffraß. Es ist ein großes Haus, zu groß für uns beide, denn wir sind immer noch allein und werden es auch bleiben in diesen Zimmern, durch deren Fenster ich auf das Meer blicken kann, was mich tröstet, denn so seltsam es klingen mag, wenn ich noch Liebe empfinden kann, so gilt sie dem Meer und dem Himmel. Ich glaube, die Erinnerungen entsteigen wie der Nebel am Morgen den seidigen Wellenhügeln, die über seine Oberfläche rollen, und nur in den Erinnerungen bin ich Dir nahe, und nur dann spüre ich noch die Wärme, die mich am Leben hält. Es sind oft nur wenige Splitter, die ich aufsammle aus meinem Gedächtnis und mühselig zusammensetze, und ich bin verzweifelt, wenn die Teilchen nicht zusammenpassen wollen, bis ein Bild entsteht, in dem ich Dich sehe. Erinnerst Du Dich an das Ledergeschäft in der Marktstraße, das einen Durchgang zur Himmelpforte hatte und in dem Du, wir waren beide auf einem heimlichen Streifzug durch die Stadt, einen Schlüsselanhänger aus schwarzem Leder, stellte er eine Schlange da, oder war es eine Spinne, mitgenommen, ihn heimlich in Deiner Tasche vergraben hast, obwohl wir beide keine Verwendung dafür hatten und es nur das Ledertier war, das Dich verführt hatte, erinnerst Du Dich, daß unser Vater uns gezwungen hat, in das Geschäft zurückzugehen und ein Geständnis abzulegen, wobei wir beide beinahe gestorben wären vor Scham, bis der Verkäufer lachte und uns diesen lächerlichen Anhänger schenkte? Nein, er war nicht lächerlich. Er war ein Lebenszeichen, jetzt, wenn ich an ihn denke.

Herbert ist wohlhabend geworden durch den Tod seiner Eltern und will mir jeden Wunsch erfüllen, aber auch wenn ich Wünsche hätte, gerettet aus der Zeit, als ich noch an das Wünschen glaubte, könnte sie mir Herbert nicht erfüllen. Nur Du, Almut, Du könntest es. Oft ertrage ich es nicht, wenn Herbert mich berührt, ich lese die Bitte in seinen Augen und weiß, daß ich ihm Unrecht tue, aber das Unrecht hat schon viel früher begonnen. Warum hatte ich nicht die Kraft, allein zu bleiben, keinen fremden Menschen – und Herbert ist mir fremd geblieben, weil ich mich nicht entschließen konnte, einen Schritt auf ihn zuzugehen – in dieses Unrecht zu verstricken, das mir angetan wurde und das ich anderen antue. Ich spüre eine schmerzende Stelle in meinem Körper, unter der linken Brust, und weiß, es ist eine Wunde, die vergeblich versucht, sich zu schließen, zu vernarben oder wenigstens Schorf über die Ränder wachsen zu lassen.

Und wenn ich diese Stelle in meinem Körper spüre, oft unvorbereitet, im Schlaf oder im Gespräch mit Menschen, die freundlich zu mir sind, dann weiß ich, daß ich Unrecht tue, auch Dir, Almut. Aber die verstreichende Zeit mildert auch diesen Schmerz, und die Briefe, die ich Dir schreibe, jeden Tag, machen mir Mut zu lächeln, wenn ich die Treppen hinuntergehe, die vom Haus wegführen an den Strand, als würde ich Dir entgegengehen. Hier brennt die Sonne so, als wolle sie mit ihren Strahlen den Tag zerschneiden, darum gehe ich erst am Abend, wenn die Dunkelheit kommt. Ich arbeite, Almut, nicht weil ich es nötig habe, auch nicht, weil ich meine Arbeit für wertvoll halte, ich tue es, um mich gegen die zerstörerische Zeit zu wehren, fahre jeden Tag hinunter in die Stadt, sitze in einem Büro, in das die Emigranten aus Europa kommen, ich vermittle den Menschen, deren Erschöpfung ihre Gesichter verschleiert und ihre Stimmen stumpf gemacht hat, eine Unterkunft und versuche, einen Arbeitsplatz für sie zu finden, und ich tue das alles mit dem Gefühl, Unrecht zu tun. Erinnerst Du Dich, Almut, Du warst vierzehn und wir waren zum ersten Mal mit den Eltern an das Meer gefahren. Es kam ein Sturm auf, an den wir uns anlehnen konnten, der die Wellen hoch auftürmte und gegen den Strand schlug, mit Schaumkronen, in denen die Möwen saßen. Du sagtest: Die Wellen kommen von der Rückseite der Erde. Dort bin ich jetzt angekommen, Almut, und ich sehe, daß Du recht hattest.

Glowna steht auf. Er geht, den Bericht, aus dem er vorgelesen hat, in der Hand haltend, um seinen Schreibtisch herum. Er bleibt vor Markus stehen, der ihn nicht länger ansieht, sondern seinen Blick gesenkt hat, als schäme er sich. Nicht für etwas, das er getan hat, sondern für das, was die beiden Männer getan haben, oder was er glaubt, daß sie es getan haben, daß sie ihn zu ihrem Komplizen gemacht haben, ohne daß er es wußte. Glowna hält ihm den Bericht hin, es sind zwei einseitig beschriebene Blätter, und sagt, nachdem er einen Augenblick gewartet hat, als wolle er die Reaktion von Markus abwarten: »Der Bericht gehört Ihnen. Es gibt nur zwei Exemplare. Eines ist in meinem Besitz, das andere habe ich Selma Bruhns ausgehändigt. Wahrscheinlich hat es die Polizei in Selma Bruhns' Haus gefunden.«

Als Markus keine Bewegung macht, um die beiden Papierbögen entgegenzunehmen, legt ihm Glowna die Blätter in den Schoß. Er tritt einen Schritt zurück, sagt: »Wir werden uns einmal wiedersehen, Herr Hauser«, und geht an dem Stuhl, auf dem Markus sitzt, vorbei zur Tür. »Ich lasse Sie allein«, sagt er, dann verläßt er das Zimmer.

Markus unterdrückt den Wunsch aufzuspringen, um Glowna zu folgen, als habe ihn seine Freundlichkeit doch noch erreicht. Er sieht zu Berger hinüber, der wieder ganz in seinem Sessel versunken ist, so daß Markus nur seine Beine und die Hände sieht.

»Wieviel wollen Sie mir erzählen«, hört er Berger sagen. Er ist froh, daß sich ihre Blicke nicht begegnen. Er steht auf und geht wieder zu den Fenstern. Der Mann, der sein Auto gesäubert hat, ist verschwunden.

»Wollen Sie jetzt hören, daß ich unzurechnungsfähig bin und es deshalb getan habe«, sagt er schließlich, den Blick nicht von der Straße abwendend, in der im Schatten des gegenüberliegenden Hauses zwei Kinder begonnen haben, sich einen Ball zuzuwerfen. Seine Worte haben einen fremden Klang, als habe jemand anderes, nicht Markus, gesprochen und als versuche dieser andere, den alten Zustand wiederherzustellen.

»Das will ich nicht hören«, sagt Berger hinter Markus' Rücken, »ich will die Wahrheit hören oder das, was Sie für die Wahrheit halten.«

Markus legt seine Hände gegen die Scheibe. Er spürt die Kühle des Glases unter seinen Fingern, in dem er sein Spiegelbild sieht. Er beginnt zu reden. Er beginnt nicht mit dem Anfang. Er erzählt von den Tagen, in denen er mit Medikamenten ruhiggestellt worden ist, so ruhig, daß er sich selbst nicht mehr gespürt hat, daß er sich morgens, nach dem Aufstehen in dem Zimmer, in dem er mit drei anderen Männern geschlafen hat, wenn er vor dem Waschbecken stand und sich beim Zähneputzen im Spiegel beobachtete, nicht mehr erkannt hat. Er erzählt, wie er begonnen hat, in den Stunden, in denen er reglos auf einer Bank im Garten der Station, der von einer Mauer umgeben war, gesessen hat, die verstreichende Zeit zu spüren, auf den trockenen Lippen, im Pulsschlag, in den kurzen Lidschlägen seiner Augen.

Er hört nicht auf zu reden, ohne sich vom Fenster wegzubewegen, ohne sich zu Berger umzuwenden. Er erzählt von den Spaziergängen, nachdem er die geschlossene Station verlassen durfte, in der nachts die Patienten, die verwirrt waren und nicht schlafen konnten, durch die Flure wanderten, die Tür des Zimmers öffneten, in dem er schlief, und ihm ihren Atem ins Gesicht hauchten. Er erzählt, daß er seine Schritte auf den Wegen des Parks im ganzen Körper als eine Erschütterung wahrgenommen hat, die ihn, hätte er mit den Füßen auf den Boden gestampft, hätte zerstören können. Er erzählt, daß er begonnen hat, die Vögel in dem Park wahrzunehmen, sie dann mit immer wacherem Interesse zu beobachten. Als die Medikamente abgesetzt wurden, erzählt er, lag er lange ruhig auf dem Rasenstück vor dem Patientencafé und spürte, wie die Wärme der Sonne erst unter seine Haut, dann in seine Muskeln eindrang.

Berger unterbricht ihn nicht. Er scheint nicht mehr gegenwärtig zu sein, und nur in den Pausen, in denen Markus schweigt, hört er Bergers ruhige Atemzüge. Erst jetzt erzählt Markus, wie es begonnen hat.

»Es war eine alltägliche Geschichte«, sagt er, »sie hat mich allein gelassen und ist zu einem anderen gegangen.«

Er erzählt, wie er bewegungslos in seinem Zimmer gesessen und gegen die Wand gestarrt hat, bis er aufgesprungen ist und begonnen hat, die Einrichtung seines Zimmers zu zerstören, wobei er fast systematisch vorging, erst den Stuhl, auf dem er gesessen hat, auf dem Tisch zertrümmerte, dann das Bücherbord umstürzte, die Bilder herunterriß und die Blumentöpfe, die auf der Fensterbank standen, gegen die Wand schleuderte. Bis es, erzählt Markus, vorbei war, so plötzlich, wie es begonnen hatte. Er hätte sich seine Jacke angezogen und wäre hinuntergegangen. Er erzählt, wie er sich in drei Apotheken rezeptfreie Schlafmittel besorgt und sie, als er zurückgekommen ist in sein zerstörtes Zimmer, in einem Glas Wasser aufgelöst hat. Es waren sechzig Tabletten, erzählt Markus, und bevor er das Glas mit der trüben Flüssigkeit ausgetrunken hätte, hätte er versucht, herauszufinden, was er empfand, hätte aber nur die Leere und einen dumpfen Schmerz gespürt, als hätte er einen Schlag auf den Kopf erhalten. Er erzählt, wie er nach dreißig Stunden aus der Bewußtlosigkeit erwacht war. Er lag auf dem Bett in seiner Pisse, nicht wissend, wo er sich befand oder was geschehen war. Er wäre, sagt Markus, zu dem Telefon gekrochen, das auf dem Fußboden stand, und hätte, wozu er noch fähig gewesen wäre, was ihn, daran könne er sich genau erinnern, erstaunt hätte, den Notruf angerufen. Markus erzählt, wie der Arzt gekommen ist, der ihm eine Spritze gegeben hat.

Dann, als sei der Vorrat an Worten verbraucht, schweigt Markus. Er wendet sich zu Berger um, sieht ihn in dem Sessel sitzen, ihre Blicke begegnen sich, und die Kühle in Bergers Blick beruhigt Markus. Er schämt sich nicht.

»Was war das für ein Zwischenfall, der in dem Bericht erwähnt wurde« sagt Berger, wobei seine Stimme klingt, als handele es sich um eine Routinefrage, deren Beantwortung nur eine Formsache ist. Er hat sich jetzt vorgebeugt, als wolle er aufstehen, und greift nach den beiden Seiten, die Glowna Markus in den Schoß gelegt und die Markus auf seinem Weg zum Fenster auf den Schreibtisch geworfen hat. Während Markus spricht, faltet Berger die Bögen zusammen, bis sie nur noch die Größe eines Briefumschlags haben.

»Ich habe es wieder versucht«, sagt Markus, »ich habe Tabletten gehortet und sie, als ich glaubte, genug zu haben, hinuntergespült.«

Noch einmal wird zwischen zwei Sätzen der Gedanke wach, Glowna und Berger hätten ihr Ziel erreicht, wofür sie ihn in dieses Zimmer gelockt hätten.

Er wäre, sagt Markus, in der Nacht aufgewacht, halb betäubt, aber noch fähig, die Angst zu spüren, ihre ungeheure Gewalt, die sie hatte und die er nicht kannte, von der er erst später, als sie vorbei war, hätte reden können. Es wäre Todesangst gewesen, sagt Markus, er hätte mit der Klingel die Nachtschwester gerufen, sie hätten ihm eine konzentrierte Salzlösung eingeflößt, so daß er sich mehrmals erbrechen mußte.

Erst jetzt, als er schweigt, spürt Markus den Schweiß auf seiner Stirn und die Erschöpfung in allen Gliedern seines Körpers, als sei er eine lange Strecke gelaufen. Er sieht wieder aus dem Fenster. Die Kinder haben das Ballspiel aufgegeben und bemalen jetzt mit bunten Kreidestücken die Fußwegplatten.

Er war mit Rufus in das Café am Marktplatz gegangen. Sie saßen sich auf weißen Plastikstühlen gegenüber, von der Markise vor der Sonne geschützt.

»Arbeitest du?« sagte Rufus, und obwohl Markus wußte, daß Rufus mit seiner Frage herausfinden wollte, ob er etwas geschrieben hätte, bejahte er die Frage.

»Was arbeitest du?« sagte Rufus, wobei er die Kaffeetassen, die der Kellner auf den Tisch gestellt hatte, zur Seite schob, um seine Ellenbogen aufzustützen. Er sah Markus aufmerksam an. Auf seinem Gesicht, in dem der Mund klein und wie nachträglich hineingefügt wirkte, tanzten Sonnenflecken, wenn sich die herunterhängenden, schmalen Stoffränder der Markise bewegten. Das schwarze Haar hatte er mit Gel zurückgebürstet, so daß unter dem fettigen Glanz die einzelnen Strähnen zu erkennen waren. Markus überraschte sich dabei, ihn zu beobachten, als würde er ihn zum ersten Mal sehen, als wären ihm nicht schon früher die schmutzigen Fingernagelränder unter dem durchsichtigen Lack aufgefallen, den Rufus auf seine Nägel auftrug, als hätte er noch nie die schwarze Lederjacke mit den Fransen an den Ärmelnähten an ihm gesehen, als hätte er nicht schon früher beobachtet, wie Rufus seine Zigarette zum Mund führte, heftig an ihr saugte und den Rauch tief in sich hineinzog, als wollte er ihn verschlucken.

»Ich verdiene Geld«, sagte Markus, der noch immer, doch stetig schwächer werdend, das Gefühl der Leichtigkeit in sich spürte, das er auf der Brücke empfunden hatte.

Er griff mit der rechten Hand in seine Hosentasche, als müßte er sich vergewissern, daß die drei Geldscheine, die Selma Bruhns ihm gegeben hatte, noch vorhanden waren. Er rieb die Scheine aneinander, ohne sie aus der Tasche herauszuholen. Während er Rufus zuhörte, der, ohne weitere Fragen zu stellen, von der Begegnung mit einer Frau erzählte, die er, so weit bekam Markus es mit, am Abend zuvor kennengelernt hatte, dachte er an das Portrait, das in ihrer Diele hing.

»Du hörst mir nicht zu«, sagte Rufus, »womit verdienst du Geld?«

»Ich sortiere die Briefe einer Frau«, sagte Markus, auf einmal froh, seine Sprache wiederzufinden, »ich sortiere sie nach Jahr und Tagesdatum, und sie verbrennt sie anschließend im Hof ihres Hauses.«

Markus hatte erwartet, Rufus würde in sein ungläubiges Lachen ausbrechen, mit dem es ihm immer wieder gelang, die Menschen zu erschrecken, aber Rufus sagte nur, es handele sich offenbar um eine kluge Frau, und stand auf.

»Bezahlst du?« sagte er.

Er holte aus der Innentasche seiner Lederjacke ein Stück Papier, so eng zusammengefaltet, daß es nicht größer als eine Briefmarke war. Er gab es Markus.

»Mein letztes Gedicht«, sagte er, legte seine Hand auf Markus' Kopf, nur einen Augenblick, als hätte er gespürt, wie weit Markus von ihm entfernt war, wandte sich ab und ging über den Marktplatz. Er bog am Rathaus in eine Seitenstraße ab, und Markus, der ihm hinterhersah, mit dem Gefühl, versagt zu haben, winkte dem Kellner und bezahlte.

Markus warf den Aktenkoffer, den er, wie sie es ihm aufgetragen hatte, in dem Geschäft an der Himmelpforte gekauft hatte, auf den Rücksitz seines Wagens. Er fuhr die Serpentinen des Parkhauses hinab und steckte am Ausgang seinen Parkschein in den Automaten, der die Schranke hob, so daß er hinausfahren konnte. Nach dem Zwielicht im Parkhaus überraschte ihn die Helligkeit. Er wartete, bis die Ampel ihm das Abbiegen erlaubte, fuhr langsam, als wollte er jeden Moment anhalten, an den Geschäften vorbei, und erst an der Kreuzung entschloß er sich, nicht sofort zu ihr zurückzufahren. Er folgte den verwinkelten Straßen der Innenstadt, bis er die andere Seite des Stadtkerns erreichte, überquerte den Wallgraben und hielt in der Straße, in der sich das Steuerbüro befand, in dem Christine arbeitete. Durch die Windschutzscheibe sah er an dem Haus hoch, in dem Christine hinter einem der Fenster in ihrem Büro saß, in seiner Vorstellung über Zahlenreihen gebeugt, ihr gegenübersitzend ihre Kollegin bei der gleichen Tätigkeit, in absoluter Stille, nur durchbrochen durch das kaum hörbare Summen der Apparate.

Als er in die Kurfürstenallee einbog, sah er das kastenartige Fahrzeug, das vor ihrem Haus stand. Ein kompakter, schwarz lackierter, gepanzerter Wagen, der sonst für Geldtransporte der Supermärkte und der Banken benutzt wurde. Markus fuhr langsam auf ihn zu. Kurz bevor er ihn erreichte, hielt er den Wagen an, griff nach hinten, nahm den Aktenkoffer vom Rücksitz und verließ sein Auto. Er ging auf das Fahrzeug zu, sah durch die kleinen Fenster in das Fahrerhaus, das leer war, und berührte mit der flachen Hand das trotz der Wärme sich kalt anfühlende Metall der Seitenwände. In kleinen Buchstaben stand unter einem Firmenzeichen: Sicherheitstransporte. Als Markus sich von dem Fahrzeug abwandte und auf die Pforte zuging, kam ihm durch den Vorgarten ein Mann entgegen, in blauer, uniformähnlicher Kleidung, die Hose von einem breiten Ledergürtel gehalten, an dem eine Pistolentasche hing. Markus konnte den robusten Griff der Waffe erkennen, der nicht von dem Futteral verdeckt war.

»Wer sind Sie?« fragte ihn der Mann, als er die

Pforte geöffnet hatte und sie sich gegenüberstanden. Markus, der die Frage nicht beantwortete, ging an dem Mann vorbei in den Vorgarten, aber der Mann folgte ihm und hielt ihn am Oberarm fest. Markus versuchte nicht, seinen Arm freizubekommen. Er blieb stehen und wandte sich zu ihm um. Er sah in das Gesicht, das glatt war und unscheinbar, mit einem freundlichen Ausdruck, der Markus überraschte.

»Ich arbeite für Selma Bruhns«, sagte er.

»Tut mir leid, wenn ich grob war«, sagte der Mann und ließ den Arm wieder los, »aber wir sind für den Transport verantwortlich.«

Markus stellte keine Fragen. Er ging weiter auf das Haus zu, hoffend, sie würde heraustreten und ihm entgegengehen, als hätte sie auf ihn gewartet. Aber sie kam nicht heraus. Als er durch die offene Haustür die Diele betrat, traf er auf einen zweiten Mann, ebenso uniformiert wie der andere, auch er trug eine Waffe und war damit beschäftigt, das Portrait, das er von der Wand abgenommen hatte, in durchsichtige Folie zu verpacken.

»Wo ist Frau Bruhns«, sagte Markus, während er versuchte, durch die Folie hindurch das Bild zu erkennen, aber die glasartige Schicht ließ nur vage die Gesichtszüge des alten Mannes durchschimmern. Der Mann, der jetzt begonnen hatte, die Folie mit braunem Klebeband zu umwickeln, sah nur kurz auf, deutete durch ein Nicken auf die Tür, hinter der sich das Zimmer befand, das Selma Bruhns bewohnte, und fuhr in seiner Arbeit fort. Markus trat auf die Tür zu und klopfte. Als Selma Bruhns die Tür öffnete und sie sich gegenüberstanden, hielt er ihr schweigend den Aktenkoffer entgegen und holte mit der anderen Hand das übriggebliebene Geld aus der Jackentasche. Sie sah ihn an. Dann trat sie zur Seite, so daß Markus in das Zimmer blicken konnte, deutete auf den Tisch, der vor einem mit einem roten Tuch bedeckten Sofa stand, und sagte: »Legen Sie es auf den Tisch.«

Markus zögerte, das Zimmer zu betreten, in dem durch die verhängten Fenster das gleiche Zwielicht herrschte wie in den anderen Räumen, nur belebt durch die Möbel. Als Markus das Zimmer endlich betrat, zum Tisch ging, das Geld und den Aktenkoffer auf die Tischplatte legte, roch er durch den Gestank der Tiere hindurch, der auch bis hierher vorgedrungen war, einen süßlichen Duft, der den Gegenständen anhaftete.

»Das Bild ist wertvoll«, sagte Selma Bruhns, obwohl Markus keine Frage gestellt hatte. Sie stand noch in der offenen Tür, als könnte sie es nicht erwarten, daß Markus das Zimmer wieder verließ.

Der fünfte Tag

Liebe Almut,
Herbert ist seit Wochen im Innern des Landes, ich bin hiergeblieben, gehe durch die Räume unseres Hauses wie eine Fremde, nicht wie eine Besucherin, auch nicht wie eine Bittstellerin, sondern wie jemand, der noch nicht angekommen ist, der sich auf der Reise befindet, so lange schon, daß er nicht nur den Ort, den er verließ, vergessen hat, auch das Ziel der Reise ist ihm abhanden gekommen. Nur die Bewegung bleibt, das Stampfen des Schiffes, die Schritte auf dem Parkett. Von der Terrasse aus sehe ich hinunter auf das Wasser, dessen Farbe sich täglich, manchmal auch stündlich ändert, wenn es grün ist, schimmert der schwarze Grund durch das Grün bis zur Oberfläche hinauf, und das wild und sanft sein kann wie die Erinnerung. Als wir noch so jung waren, daß wir die Tiere als gleichberechtigte Lebewesen ansahen, die uns in ihrer Eigenart eine Botschaft zukommen lassen konnten, sind wir in den Stadtwald gefahren auf unseren Kinderrädern, Du warst immer schneller als ich, zum See, der sich

am Abhang des Hügels ausbreitete, auf dem ein Tempel mit Säulen stand, dessen Geheimnis wir nicht herausbekommen konnten. Wir hatten Käscher mitgenommen, hockten uns an das Ufer und beobachteten die Wasseroberfläche, durch die hindurch wir bis auf den Grund des Sees blicken konnten, wo die Wasserpflanzen blühten und sich in der geheimnisvollen Bewegung des Wassers wiegten. Wir warteten. Bis eines der fremden Geschöpfe sich aus dem Schlamm löste und auftauchte, um Luft zu holen. Wieder warst Du schneller als ich, tauchtest den Käscher unter das Tier und hast es gefangen. Du nahmst es in die Hand, erinnerst Du Dich an unser Staunen, als wir die vier winzigen Füßchen an dem schlanken, in einem spitzen Schwanz endenden Lurchkörper entdeckten, vorsichtig seine braune, runzelige Haut berührten, die seinen Körper schützte, und seine Bewegungen beobachteten, die das Tier aufgeregt in Deiner zur Muschel ausgehöhlten Hand machte, um zu entkommen? Wir fingen schlanke, schnell wie Pfeilspitzen durch das Wasser schießende Fische, sie hatten einen roten Fleck an der Unterseite ihrer Körper, die wir in unsere mitgebrachten Gläser taten, um sie in Ruhe anzusehen, bevor wir sie wieder freiließen. Der Molch verharrte einen Augenblick am Uferrand, als wollte er Dich nicht verlassen.

Einmal in der Woche fahre ich hinunter in die Stadt, gehe durch das Viertel, in dem die Emigranten wohnen, die das Glück hatten, eine Unterkunft in dieser Stadt zu finden, und untertauchen konnten in der Anonymität der Namenlosen, die sich gerettet hatten. Ich bleibe vor einem vierstöckigen Haus stehen, auf dessen Balkonen die Wäsche in dem immer warmen Wind trocknet. Ich gehe hinein, zwei Treppen hoch und läute an einer Tür. Sie macht mir auf. Wir gehen in ihre Küche, die schmal ist, so daß kaum zwei Menschen in ihr Platz finden. Wenn ich sie wieder verlasse, fühle ich mich wie ein Dieb, der ihr einen Teil der Kraft geraubt hat, die sie am Leben hält. Sie hat das letzte Schiff, das M. verlassen hat, mit einem gültigen Transitschein erreichen können, ist hier angekommen, ohne die Sprache zu beherrschen, hat, um zu überleben, Männerbekanntschaften geschlossen und mit dem Geld, das die Männer ihr gaben, die Wohnung gemietet. Sie hat, als sie die Sprache bruchstückhaft beherrschte, eine Anstellung an der Universität bekommen, untergeordnet, aber sie konnte wieder Bücher in die Hand nehmen. Sie hat, als sie etwas Geld gespart hatte, ein Kind zu sich genommen, das ihr auf der Straße nachgelaufen war, sie hat ihm einen Namen gegeben und begonnen, ihre Wäsche auf dem Balkon zum Trocknen aufzuhängen.

Herbert ruft jeden Tag an, aus dem Innern des

Landes, und wenn ich mit ihm spreche, stelle ich mir die Herden der Tiere vor, die durch die Weite der Ebenen ziehen. Die Frau, von der ich dir erzählt habe, weil ich mich schäme, trägt deinen Namen, Almut.

»Haben Sie Hunger«, sagt Berger. Er ist in dem Sessel vor Glownas Schreibtisch sitzen geblieben, tief in ihm versunken, den Kopf zurückgelehnt und mit halbgeschlossenen Augen gegen die Decke blinzelnd. Er hat die Beine übereinandergeschlagen und wippt ab und zu mit dem Fuß. Markus hat seinen Platz am Fenster nicht verlassen. Obwohl er das Gefühl hat, seine Beine könnten das Gewicht seines Körpers nicht mehr tragen, bleibt er stehen, ohne sich gegen das Fensterkreuz zu lehnen. Während er Berger beobachtet und ihm die Ruhe, die von seiner Gestalt ausstrahlt, ungerecht erscheint, muß er sich gegen den Wunsch wehren, alles rückgängig zu machen und den Zustand wiederherzustellen, der zwischen ihm und Berger bestanden hat, bevor sie Glownas Zimmer betreten haben.

»Ja, ich habe Hunger«, sagt Markus.

Als habe Berger nur auf Markus' Antwort gewartet, richtet er sich in seinem Sessel auf, rutscht auf dem Ledersitz nach vorn, bis seine Füße festen Halt auf dem Boden haben, und steht auf. Er nimmt

Glownas Bericht, den er wieder auf den Schreibtisch gelegt hat, und hält ihn Markus entgegen.

»Wollen Sie ihn behalten«, sagt er.

Als Markus nur verneinend den Kopf bewegt, zerreißt Berger den Bericht und wirft die Schnitzel in den Papierkorb.

»Bereuen Sie es«, sagt Berger, sich gleichzeitig abwendend und zur Tür gehend. Obwohl Markus zu wissen glaubt, was Berger mit seinen Worten meint, antwortet er nicht. Berger öffnet die Tür und betritt den Flur. Markus folgt ihm. Sie begegnen weder Glowna noch der Frau, die sie hineingelassen hat.

Es hat geregnet, während sie in Glownas Haus gewesen sind. In den Pfützen spiegelt sich das Licht. Als Markus die feuchte Luft einatmet, glaubt er zu spüren, wie sie bis in die äußersten Verzweigungen seiner Lunge vordringt. Berger beginnt, die Stufen hinunterzusteigen, wobei er sich an dem Geländer festhält und vorsichtig einen Fuß vor den anderen setzt. In der Mitte der Treppe bleibt er stehen und blickt zu Markus hinauf, der auf dem umgitterten Absatz vor der Haustür stehengeblieben ist.

»Warum hat sie das getan«, sagt Berger, seine Hände, die von dem Geländerlauf feucht geworden sind, an seiner Jacke abwischend, »warum hat sie Nachforschungen über Sie anstellen lassen.«

Er wendet sich wieder der Straße zu, geht die Treppe hinunter, geht über den Fußweg zu seinem Auto, schließt die Fahrertür auf und steigt ein, ohne sich zu vergewissern, ob Markus ihm folgt. Als habe ihn erst Bergers Frage darauf gebracht, wird Markus bewußt, daß Selma Bruhns den Bericht gelesen haben muß, heimlich, wie er die Briefe gelesen hat, in ihrem Zimmer sitzend oder in der Küche, auf dem Holzstuhl, eine Zigarette rauchend. Obwohl er weiß, daß sie tot ist, oder gerade, weil er es weiß, spürt er den Wunsch, nicht sie zur Rede zu stellen, aber sie zu fragen, wann sie den Bericht erhalten und wie lange sie schon mehr von ihm gewußt hat, als er ahnte. Während er Berger folgt, die Treppe hinuntergeht und den Fußweg betritt, weicht die Beunruhigung einem Glücksgefühl, das ihm erst fremd ist, bis er erkennt, daß ihn der Gedanke, sie beide hätten ein Geheimnis voreinander gehabt – er hat ihre Briefe gestohlen und gelesen, während sie einen Bericht über ihn hat anfertigen lassen –, mit Zufriedenheit erfüllt. Markus öffnet die Beifahrertür und steigt zu Berger in das Auto.

»Ich kenne Glowna«, sagt Berger, »es braucht Sie nicht zu beunruhigen.«

Er startet den Motor, manövriert das Auto aus der Parklücke und fährt die Straße hinunter, die zum Marktplatz führt, biegt aber, bevor er ihn erreicht, in eine Nebenstraße ab.

»Sie sagen, Selma Bruhns hat Ihnen das Geld geschenkt«, sagt Berger, »was hat sie als Gegenleistung erwartet?«

Er lenkt das Auto auf den Parkplatz eines chinesischen Restaurants in einer Baulücke zwischen den Häusern. Auf die Brandmauer des einen Hauses haben Sprayer ein bis zum ersten Stockwerk reichendes Bild gesprüht. Berger stellt den Motor ab, steigt aber nicht aus. Markus hat seine Frage nicht beantwortet. Er sieht durch die Windschutzscheibe auf das Bild an der Wand, ohne es wirklich wahrzunehmen.

»Hat sie Ihnen noch andere Geschenke gemacht«, sagt Berger.

Markus beantwortet auch diese Frage nicht. Berger wendet sich um und schlägt ihm ins Gesicht. Er trifft mit der Innenfläche der Hand die Schläfe und die Wangenknochen dicht unter dem Auge. Als Berger seine Hand zurückzieht, erinnert sich Markus an die Worte von Bergers Kollegin, die ihm und dem Nachbarn von Selma Bruhns gesagt hat, Berger sei lange vom Dienst beurlaubt gewesen und habe erst vor kurzem seine Arbeit wiederaufgenommen.

»Es ist kein Spaß«, sagt Berger, öffnet die Tür und steigt aus dem Auto. Auch Markus steigt aus. Sie stehen jetzt neben dem Wagen und sehen sich über das Autodach hinweg an.

»War es Ihre Frau, die Sie zu Tode gepflegt haben«, sagt Markus, wendet sich ab und geht über den Parkplatz zur Straße.

»Geh nicht wieder zu ihr«, sagte Christine, als sie sich am Küchentisch gegenübersaßen, »du kannst andere Arbeit finden.«

Markus war in der Nacht aufgewacht, hatte die Decke zurückgeschlagen und vorsichtig das Bett verlassen, um Christine nicht zu wecken, die sich zur Wand gedreht und im Schlaf beide Hände zu Fäusten geballt hatte. Er war barfuß in die Küche gegangen, hatte ein Glas Wasser getrunken und sich auf den Fußboden gehockt, den Rücken an den Kühlschrank lehnend, der leicht zu vibrieren begann, wenn sein Motor ansprang. Er hatte sich eine Zigarette angezündet und gegen das dunkle Rechteck des Fensters gestarrt. Dann war er aufgestanden, jetzt spürte er die Kälte an seinen nackten Füßen. Als er das Glas auf den Tisch zurückstellen wollte, war es ihm aus der Hand geglitten und auf dem Fußboden zersplittert. Er hatte gelauscht, ob Christine wach geworden war, und nachdem er lange in der Mitte der Küche gestanden hatte, bis er sich sicher war, Christine würde weiterschlafen, war er in seinen Arbeitsraum gegangen, der früher die Abstellkammer gewesen war, ohne Fenster, gerade groß genug, daß ein Schreibtisch und ein

Stuhl hineinpaßten. Er hatte die Schreibtischlampe angeschaltet, sich auf den Stuhl gesetzt und die Schublade geöffnet, in der er die Briefe verwahrte, die er aus ihrem Haus mitgenommen hatte. Er hatte sie nicht noch einmal gelesen, aber er hatte sie berührt, hatte mit der flachen Hand über das Papier gestrichen, schließlich hatte er sie in die Schublade zurückgelegt, das Licht gelöscht und den Raum verlassen.

»Sie zahlt mir dreißig Mark in der Stunde«, sagte Markus, hob die Kaffeetasse zum Mund, trank und stellte sie auf den Tisch zurück, »das ist viel Geld.«

Christine sah ihn über den Tisch hinweg an, und Markus glaubte einen Moment lang, sie hätte sein nächtliches Aufstehen bemerkt, wobei er ein Schuldgefühl empfand, als hätte er etwas Verbotenes getan.

»Es ist nicht das Geld«, sagte Christine.

»Ich kann sie nicht im Stich lassen«, erwiderte Markus, und erst, als er den Satz aussprach, wußte er, daß er wahr war, obwohl er ihn nicht begründen konnte.

»Wer hat die Briefe geschrieben«, sagte Christine, »sie sind an eine Almut gerichtet. Die Frau, für die du arbeitest, hat den Vornamen Selma.«

Markus, der sich den Kaffeerest in seine Tasse goß, schwieg, weil er keine Antwort auf Christines Frage geben konnte.

»Warum mußt du die Briefe ordnen, bevor sie sie verbrennt«, sagte Christine.

Markus hoffte, sie würde aufhören.

»Warum verläßt sie ihr Haus nicht? Warum hat sie alle Fenster verhängt? Warum läßt sie die Tiere verkommen?«

Christine schwieg, aber als Markus schließlich leise sagte: »Es geht uns nichts an«, erwiderte sie: »Wirklich nicht?«, stand auf, nahm ihre Tasche von der Küchenablage und ging zur Tür.

»Was will sie von dir?« sagte sie, im Begriff, die Küche zu verlassen. »Das Ordnen der Briefe ist nur ein Vorwand. Geh nicht wieder zu ihr.«

Markus, der sie ansah und versuchte, in ihrem Gesicht zu erkennen, wie ernst sie ihre Worte meinte, stand auch auf, machte zwei Schritte auf sie zu, als wollte er sie daran hindern, die Küche zu verlassen, blieb aber stehen, bevor er sie erreichte. Christine trat hinaus auf den Flur. Markus wartete, bis er die Wohnungstür ins Schloß fallen hörte.

Wie immer, wenn er die Wohnung verließ, hatte er seine Tasche mitgenommen. Er warf sie auf den Rücksitz seines Wagens, schlug die Tür zu und startete den Motor. Bevor er losfuhr, lehnte er sich im Sitz zurück, schloß die Augen und hielt den Atem an.

Er fuhr den Ring entlang, bog nicht ab in das Villenviertel, sondern folgte der Hauptstraße bis zur

Abzweigung, die zum Fluß führte. Er hielt den Wagen vor einem Zigarettengeschäft an, stieg aus und betrat den nach Zeitungen und Tabak riechenden Laden. Während er darauf wartete, daß die beiden Kunden, die vor ihm gekommen waren, bedient wurden, sah er sich die in einer Glasvitrine ausgestellten Pfeifen an. Er kaufte sich eine Schachtel Zigaretten. Als er wieder auf die Straße trat, zu seinem Auto ging und einstieg, glaubte er, immer noch den Geruch nach Papier und Tabak zu riechen, als hätte er sich in seiner Jacke und auf seiner Haut festgesetzt. Für einen Augenblick beneidete er den Mann, der hinter der Ladentheke gestanden hatte, in dem engen, höhlenartigen Raum, den er bis zum Abend nicht verlassen würde, zwischen den Regalen, in denen die Zigarettenpackungen gestapelt lagen, und den Ständern mit den Tageszeitungen und Illustrierten. Er fuhr die Straße hinauf, die auf den Deich führte, fand einen Parkplatz, stieg aus, überquerte die Straße und blickte auf den Fluß zwischen seinen befestigten Ufern. Über das Gras des Deiches lief er hinunter zum Wasser und hockte sich auf die Steine, deren Fugen mit Teer ausgegossen waren. Er wußte nicht, warum er hierhergefahren war, vielleicht, weil er als Kind geglaubt hatte, Flüsse könnten Fragen beantworten. Auf dem Deck des Flußschiffes, das vorbeifuhr, stand neben der Kabine ein Auto, in den offenen

Laderäumen häuften sich Sandberge, auf einer Leine wehten Wäschestücke im Fahrtwind, es war kein Mensch zu sehen. Markus warf einen Stein ins Wasser. Er sah dem Schiff hinterher, das sich den Brücken näherte, und stand auf. Er spürte eine Wut in sich entstehen, die er nicht verstehen konnte und die er abschütteln wollte wie ein Insekt.

Als er seinen Wagen in der Kurfürstenallee abgestellt hatte und auf ihr Haus zuging, öffnete sie, als hätte sie ihn durch einen Spalt in den verhängten Fenstern beobachtet, die Haustür und sah ihm entgegen. In ihren Armen hielt sie eines der Tiere, eine junge Katze, die sich nur widerwillig festhalten ließ. Während sie mit ihm sprach, strich sie dem Tier, das vergeblich versuchte, sich der Liebkosung zu entziehen, mit der Hand über den Kopf.

»Wann werden Sie mit Ihrer Arbeit fertig werden«, sagte sie.

Markus war auf der untersten Stufe stehengeblieben. Er sah sie an, vermied aber, daß ihre Blicke sich trafen. Sie hatte heute statt des roten Kleides einen Morgenmantel an, der so ausgewaschen war, daß er fast alle Farbe verloren hatte. Ihr Haar war ungekämmt, an den Füßen trug sie Badesandalen. Markus glaubte in ihren Worten eine Ungeduld zu spüren, die sie bisher vor ihm verborgen hatte. Er zögerte mit seiner Antwort, als wollte er, bevor er sprach, herausfinden, was sie hören wollte.

»Ich weiß es nicht«, sagte er.

Mit einer Bewegung, die für Markus überraschend kam, warf sie ihm das Tier entgegen, es prallte an seine Brust, und nur weil Markus schnell reagierte und das Tier auffing, verhinderte er, daß es zu Boden fiel.

»Sie arbeiten langsam und unkonzentriert«, sagte Selma Bruhns, wandte sich ab und trat ins Haus. Markus bückte sich und ließ das Tier frei. Es blieb einen Augenblick bewegungslos stehen, als brauchte es Zeit, um sich zu orientieren, dann lief es die Treppe hinunter. Markus hob seine Tasche auf, richtete sich auf und folgte ihr ins Haus.

»Nicht meine Frau«, sagt Berger.

Sie haben das Chinarestaurant betreten und sitzen sich an einem Tisch gegenüber. Der Kellner hat ihre Bestellung entgegengenommen, jetzt bringt er die Suppe.

»Meine Tochter ist gestorben«, sagt Berger, und während Markus den Löffel in seine Suppenschale taucht, es aber nicht wagt, ihn zum Mund zu führen, redet Berger weiter, sagt, sie sei viel zu jung gewesen, um an Krebs zu erkranken, sie habe nicht geraucht und auf ihre Ernährung geachtet, sie habe Sport getrieben und auch in ihrer Arbeit, sie sei Lehrerin gewesen, eher Befriedigung und Bestätigung gefunden als eine Belastung, die Krankheit sei wie ein Blitzschlag in ihrer aller Leben eingeschlagen, habe sie überrumpelt, nur nicht seine Tochter, die sich von Anfang an so verhalten habe, als sei die Krankheit zu ihr gekommen, nachdem sie lange auf sie gewartet habe.

Berger schweigt und beginnt, seine Suppe zu essen. Da sie heiß ist, schlürft er den Löffel leer, ihn nur an die Lippen haltend. Auch Markus ißt, aber er hat nicht das Gefühl, etwas zu schmecken. Er glaubt, obwohl Berger schweigt, immer noch seine Stimme zu hören, die fast gleichgültig geklungen hat, als diktiere er einen Bericht für seine Akten.

»Es tut mir leid«, sagt er, weil er das Gefühl hat, etwas sagen zu müssen.

»Es braucht Ihnen nicht leid zu tun«, sagt Berger und schiebt die leere Suppenschale zurück, »wissen Sie, was sie gesagt hat, als sie starb?«

Der Kellner tritt an ihren Tisch, räumt die Suppenschalen ab, zündet die Teelichter unter der Warmhalteplatte an und entfernt sich wieder.

Berger lehnt sich in seinem Stuhl zurück, wendet den Blick von Markus ab und sieht aus dem Fenster, während er weiterspricht, in dem gleichen kühlen Ton, sagt, am meisten habe ihn die Ergebenheit seiner Tochter getroffen, ihr sanftes Entgegenkommen dieser Krankheit gegenüber, sagt, es habe ihn hilflos gemacht und so mit Wut erfüllt, daß er, wenn er allein gewesen sei, mit der Faust gegen die Wand geschlagen habe.

Als der Kellner zurückkommt und die Speisen auf die Warmhalteplatte stellt, die vorgewärmten Teller aufdeckt, Messer, Gabel und Löffel neben die Serviette legt, schweigt Berger wieder. Markus öffnet die Reisschale und füllt sich Reis auf seinen Teller, reicht die Schale Berger hinüber. Erst als Berger sich Reis und Fleisch genommen hat, als er sich aus dem Glasgefäß rotes Sambalgewürz auf den Tellerrand gehäuft hat, beginnt Markus zu essen, wobei er den Blick auf die Tischplatte richtet und die linke unbeschäftigte Hand, da er nur mit der Gabel ißt, neben den Teller auf den Tisch legt. Sie essen schweigend. Manchmal, wenn Berger zu seinem Glas greift und trinkt, ein schlürfendes Geräusch. Markus, der mit einer immer gleichen Bewegung die Gabel zum Mund führt mit dem Gefühl, nicht aufhören zu dürfen, bis sein Teller leer ist, obwohl er schon nach den ersten Bissen keinen Appetit mehr verspürt, hofft, Berger würde nicht weitersprechen, das Schweigen nicht wieder durchbrechen mit seiner tonlosen Stimme, vor der er sich zu fürchten beginnt. Berger ißt, bis die Fleischplatte und die Reisschale geleert sind. Er wischt sich den Mund mit der Serviette ab, schiebt den leeren Teller weg, legt die Serviette zusammengefaltet neben den Teller, trinkt den letzten Schluck seines Bieres und stellt das Glas sorgfältig neben die Serviette auf den Bierdeckel. Dann lehnt er sich in seinem Stuhl zurück.

»Als sie starb, hat sie, bevor sie aufgehört hat zu atmen, gesagt: Ich bin einverstanden«, sagt Berger. Er greift nach den Zahnstochern, führt das angespitzte Holzstückchen zum Mund und stochert, ohne den Mund mit der Hand zu verdecken, in den Zwischenräumen der Vorderzähne. Markus wendet den Blick ab. Er sucht, als sei es unbedingt nötig, daß er etwas sagt, nach Worten und ist erleichtert, als der Kellner wieder zu ihrem Tisch kommt, um ihn abzuräumen.

»Selma Bruhns ist mit ihrem weißen Seidenschal erdrosselt worden«, sagt Berger, ohne den Tonfall seiner Stimme zu verändern. Er steht mit einer für Markus überraschenden, schnellen Bewegung auf und geht durch das Lokal, in dem außer ihnen nur an einem entfernten Tisch zwei Männer sitzen, auf die Tür zu, die zu den Toiletten führt. Als der Kellner noch einmal an den Tisch kommt und den Kaffee bringt, als die beiden Geschäftsleute ihre Sachen zusammenpacken, aufstehen und auch den Raum verlassen, schiebt Markus seinen Stuhl zurück, zündet sich eine Zigarette an und legt den Kopf auf die Stuhllehne, so daß er gegen die mit Holzschnitzereien verkleidete Decke blickt. Er schließt die Augen und sieht Glowna auf sich zukommen, der ihn freundlich anlächelt und mit seinem sich leicht nach links wiegenden Gang immer näher kommt, bis Markus ihn berühren könnte, er sieht Christine am Küchentisch sitzen und das Brot, das sie ihm mitgeben will, in die Aluminiumfolie einwickeln, dann kommt Berger auf ihn zu, faßt ihn am Arm, zieht ihn von dem Stuhl und umarmt ihn, ihn so fest an sich pressend, daß er keine Luft mehr bekommt, er sieht die Fotografie, die er von Bergers Schreibtisch genommen hat, ihr Gesicht mit den halbgeöffneten Augen und dem zu einem Grinsen verzerrten Mund, er sieht eines der Tiere in die Fotografie springen, sich auf ihre Schulter hocken und seinen Kopf gegen ihr nicht von den Haaren verdecktes Ohr schmiegen.

»Stehen Sie auf.«

Markus schlägt die Augen auf. Berger steht neben dem Tisch.

Liebe Almut,
die Sonne ist untergegangen, und die Dunkelheit vor den Fenstern scheint das Haus zu beschützen, als habe es Schutz nötig. Die Dunkelheit hat sich auch auf das Wasser gelegt und es unter sich verborgen, nur das Geräusch der aufschlagenden Wellen dringt zu mir hinauf. Ich sitze an meinem Schreibtisch und fange diesen Brief an Dich zum dritten Mal an, nachdem ich die ersten beiden Versuche

zerrissen und die Papierschnitzel in den Abfallkorb geworfen habe, weil ich Dich mit meinen Worten nicht zu erreichen glaubte. Du bist heute so weit von mir entfernt, und ich frage mich, ob Du Dich von mir abgewandt hast oder ob ich nicht mehr die Kraft habe, die Entfernung zwischen uns, die sich immer weiter in die Zeit und in den Raum ausdehnt, zu überbrücken. Seit Herbert tot ist und im Haus nur meine Schritte zu hören sind, habe ich immer mehr das Gefühl, nicht hierherzugehören, als habe nur Herbert es vermocht, mich festzuhalten, und als gebe es jetzt, nachdem sein Lächeln, das nachsichtig, geduldig und tröstend zugleich war, obwohl ich eine Fremde für ihn geblieben bin, in seiner Totenmaske erstarrt ist, nichts mehr, das mich zurückhält. Ich werde reisen, Almut, mit dem Schiff, wie ich gekommen bin, als wolle ich meine Flucht rückgängig machen, die Zeit, die meine große Feindin ist, besiegen.

Zwei Tage nach Herberts Tod ist mir eine Katze zugelaufen, sie folgt mir durch das Haus, ich glaube, das Tappen ihrer Pfoten auf dem Boden zu hören, und wenn sie mir auf den Schoß springt und sich in meinen Arm schmiegt, wenn ich die Wärme ihres Körpers, der kein Gewicht zu haben scheint, spüre und unter ihrem Fell ihren Herzschlag, erschreckt mich ihre Zutraulichkeit, als habe ich sie nicht verdient. Erinnerst Du Dich, Almut, ich schreibe diese vier Worte, als seien sie eine Zauberformel, daß Du Dich auch oft in meine Arme geschmiegt hast, als wir noch jung genug waren, um keine Angst vor Berührungen zu haben, und daß Du angefangen hast, mir die Geschichten zu erzählen, die Du Dir nachts, wenn Du nicht schlafen konntest, Du hast immer unruhig geschlafen, ausgedacht hast? Ich habe Dich überredet, sie aufzuschreiben. Deine Geschichten, die erst kurz waren und oft nur mit wenigen Worten auskamen, wurden immer länger und verschlungener, als weigerten sie sich oder Du Dich, ein Ende zu finden, als wolltest Du, wie jetzt ich, in Deinen Geschichten die Zeit besiegen. Aber eines Tages hast Du die Hefte – blau kartonierte Einbände mit kariertem Papier – in den Hof getragen, hast Kerzenwachs geschmolzen, es über die Hefte gegossen und hast sie angezündet, wovon ich Dich weder durch Bitten noch im Zorn abhalten konnte.

Als Herbert starb, erkannte ich, daß meine Trauer nur in der Wahrnehmung einer Leere bestand, in der es weder Gefühle noch Bilder gab, eine Leere, die mich verstummen ließ, weil in ihr meine Stimme widerhallte, und die mich mit Angst erfüllt hat, als sei ich es, die gestorben war und doch am Leben geblieben. Vielleicht ist meine Abreise wieder eine Flucht, vor der Kälte, die meine Gedanken mit einer dünnen Eisschicht überzieht, so daß der Raum, in dem ich mich bewege, und sei er so groß wie die Halle meines Hauses, immer enger wird.

Ich habe der Katze keinen Namen gegeben, um sie nicht in Besitz zu nehmen. Ich werde sie zu der Frau bringen, von der ich dir erzählt habe, die ihre Wäsche zum Trocknen auf den Balkon hängt und die sich das Lachen eines Kindes in die Wohnung gelockt hat. Die Katze ist jung, sie wird sich schnell den Kinderhänden anvertrauen.

Ich wage es kaum, wie Du in deinen Geschichten, diesen Brief zu beenden, als erwarte mich, wenn ich den Füller aus der Hand lege, nichts mehr, nur das Geräusch der Katzenpfoten über dem Parkett.

Die Tür öffnete sich. Als er aufblickte, stand sie im Türrahmen. Da das Licht aus der Diele in die Kammer fiel, erkannte er erst nur ihre Silhouette vor dem hellen Hintergrund, bis seine Augen sich an das veränderte Licht gewöhnten und er sah, daß sie wieder das rote Kleid angezogen hatte, daß ihr Haar geordnet war und daß sie statt der Badeschuhe die geschnürten Stiefel trug. Weil er nicht vor ihr auf dem Boden hocken wollte, richtete er sich auf, ohne die Briefseiten, die er in den Händen hielt, auf den Fußboden abzulegen. Er trat einen Schritt zurück, um sich an die Wand der Kammer zu lehnen, als wäre sie dadurch, daß sie in der Türöffnung stand und ihm den Weg verstellte, enger geworden.

Sie betrat die Kammer nicht, schwieg und sah ihn an, als hätte sie ihm eine Frage gestellt.

»Morgen«, sagte Markus.

Jetzt trat sie auf ihn zu, und Markus, der nicht zurückweichen konnte, hob unwillkürlich die Arme und verschränkte sie vor seiner Brust. Bevor sie ihn erreichte, wandte sie sich den Holzkisten zu, von denen zwei leer waren und sich in der dritten noch in der unteren Hälfte das vergilbte Papier häufte.

»Warum haben Sie Angst vor mir?« sagte sie, ohne ihre Worte als Frage zu betonen. Markus antwortete nicht. Nicht, weil er nicht antworten wollte. Nicht, weil er von der Frage überrascht worden war. Er schwieg, weil er nicht wußte, ob er tatsächlich Angst vor ihr hatte.

Als hätte sie auch nicht mit einer Antwort gerechnet, ging sie zur Tür zurück, es waren nur zwei Schritte, doch bevor sie die Kammer verließ, hörte Markus Akkorde, auf dem Flügel angeschlagen, der in dem vorderen Zimmer stand. Es folgten schnelle Läufe über alle Oktaven der Tastatur. Er erschrak, da er glaubte, allein mit ihr in dem Haus zu sein. Unwillkürlich öffnete sich seine Hand, und die Briefbögen fielen zu Boden. *Heute haben sie den Flügel abgeholt und zum Hafen hinuntergebracht, den Herbert mir geschenkt hat. Er hat es getan, weil ich in einem Moment der Schwäche, den ich bereut habe, ihm von uns erzählt habe, von dem Musikzimmer, in dem wir Unterricht hatten und in dem Du, als der Klavierstimmer kam, um das Instrument zu stimmen, die ganze Zeit über, in der er arbeitete, neben ihm gesessen hast, als wolltest Du jeden Ton wahrnehmen und kontrollieren.* Selma Bruhns, die im Türrahmen stehengeblieben war und ihn beobachtete, trat wieder auf ihn zu, bückte sich und hob die heruntergefallenen Briefbögen auf. Sie hielt sie Markus entgegen, der sie ihr in einer automatischen Bewegung abnahm.

»Morgen also«, sagte sie und verließ die Kammer.

Markus hockte sich wieder auf den Boden. Er wollte mit seiner Arbeit fortfahren, die ihm in den fünf Tagen, die er im Haus von Selma Bruhns verbracht hatte, nicht leichter geworden war. Immer noch glitten ihm Briefbögen aus der Hand, oft verschwammen die Zahlen des Datums zu schwarzen Punkten, manchmal waren sie tatsächlich nicht zu entziffern, und er mußte sie willkürlich auf einen der Stapel legen. Er lauschte auf die Töne, die durch das Haus irrten, die sich nicht zu Harmonien oder zu einer Melodie ordneten, als würden sie wahllos angeschlagen. Er wußte, daß es nicht Selma Bruhns war, die spielte. Er stand auf und verließ die Kammer. Obwohl er versucht war, durch das Kaminzimmer zu gehen, die Schiebetür zu öffnen und in das vordere Zimmer zu blicken, um zu erfahren, wer auf dem Flügel spielte und diesen anscheinend einer gründlichen Prüfung unterzog, verließ er, schnell die Diele durchquerend, um ihr nicht zu begegnen, das Haus, lief durch den Vorgarten und trat auf die Straße. Er fuhr in die Stadt, parkte das Auto in einer Nebenstraße im Zentrum und ging zu Fuß zu dem Café auf dem Marktplatz. Er setzte sich auf einen der weißen Plastikstühle, bestellte eine Tasse Kaffee, und während er wartete, öffnete er seine Tasche, nahm das Notizbuch heraus, legte es auf seine Knie, ohne es aufzuschlagen, holte aus der Innentasche seiner Jacke einen Kugelschreiber, den er in der Hand behielt, als wollte er jeden Moment anfangen zu schreiben. Eine junge Frau brachte ihm den Kaffee. Er bezahlte und blickte über den Marktplatz auf die gegenüberliegenden Häuser. Er konnte sich nicht entschließen, einen Satz in das Heft zu schreiben. Er wußte auf einmal, warum er hierhergefahren war, warum er, schon als er sich dem Café genähert hatte, mit einem Blick alle Tische überflogen hatte, als hätte er jemanden gesucht. Es war Rufus, den er hier zu treffen gehofft hatte, obwohl er nicht wußte, was er zu ihm gesagt hätte.

Er nahm das Notizbuch, verstaute es in seiner Tasche, stand auf und ging zu seinem Auto zurück, immer schneller gehend, als hätte er Angst, sie hätte seine Abwesenheit bemerkt und würde hinter einem der verhängten Fenster stehen und seine Rückkehr durch einen Spalt beobachten.

Aber das Haus schien verlassen, als er die Haustür öffnete und in die Diele trat. Einen Augenblick blieb er stehen mit dem Gefühl, etwas zu vermissen, ohne zu wissen, was es war, bis er den hellen, rechteckigen Fleck auf der Tapete sah, wo das Portrait des alten Mannes gehangen hatte.

Es war still. Markus ging nicht in die Kammer zurück. Er öffnete die Tür des Kaminzimmers, betrat es und durchquerte das Zimmer, erreichte die halb geöffnete Schiebetür und blieb in dem Türspalt stehen. Er sah hinüber zu der Fensterfront, wo der Flügel gestanden hatte. Der Platz war leer.

Berger fährt schnell. Wenn er sich einer roten Ampel nähert, schaltet er erst im letzten Augenblick in den zweiten Gang zurück, tritt auf die Bremse, und Markus, der neben ihm sitzt, muß sich mit der Hand am Armaturenbrett abstützen, um nicht den Halt zu verlieren. Er hat Berger, nachdem sie das chinesische Lokal verlassen haben, nicht gefragt, wohin sie fahren, hat sich stumm auf den Beifahrersitz gesetzt und Berger beobachtet, der um den Wagen herumgegangen und auf den Fahrersitz geklettert ist und der Mühe gehabt hat, sein Auto aus dem Parkplatz herauszumanövrieren.

»Was wissen Sie über ihr Haus?« sagt Berger, als er in eine Vorortstraße einbiegt, in der sich einstöckige Reihenhäuser in die hinter ihnen beginnenden Wiesen erstrecken. Als Berger den Wagen vor einem der Reihenhäuser anhält und den Motor abstellt, jedoch wieder hinter dem Steuerrad sitzen bleibt, ohne Anstalten zu machen auszusteigen, als Markus sich wie Berger nicht rührt und, sich an den Schlag erinnernd, bereit ist, einem neuen Angriff auszuweichen, sagt Berger, und er sieht dabei Markus an mit zu schmalen Schlitzen verengten Augen, in denen Markus wie am Morgen in Bergers Büro ein spöttisches Aufblitzen wahrzunehmen glaubt:

»Es tut mir leid. Ich habe die Geduld verloren.«

Er öffnet die Tür und steigt aus dem Auto. Markus beobachtet durch die Scheibe, wie er sich gegen den Kotflügel lehnt und den Kragen seiner Jacke hochschlägt. Als er auch aussteigt und neben Bergers Auto steht und sie sich wieder über das Autodach hinweg ansehen, sagt er, er tut es freiwillig, nicht unter dem Zwang, etwas sagen zu müssen:

»Mir tut es auch leid.«

Berger nickt, als habe er mit Markus' Worten gerechnet, deutet auf das hinter ihm stehende Reihenhaus und geht über den Plattenweg zwischen den Rasenstücken auf das Haus zu. Markus rührt sich nicht. Er bleibt neben dem Auto stehen.

»Wohnen Sie hier?«

Berger hat ein Schlüsselbund aus der Hosentasche geholt und schließt die Haustür auf.

»Ja, hier wohne ich«, sagt er, ohne die Stimme zu heben, aber Markus versteht seine Worte. Er geht auf Berger zu, und gemeinsam betreten sie das Haus. Der Flur ist schmal und liegt im Dämmerlicht, das durch die geriffelte Scheibe einer der Türen dringt und so schwach ist, daß die Fotografien an den Wänden kaum zu erkennen sind.

»Warten Sie auf mich«, sagt Berger, öffnet eine der Türen, tritt zur Seite und macht eine auffordernde Bewegung. Markus geht an ihm vorbei in das Zimmer. Berger schließt hinter ihm die Tür. Vor dem Fenster, durch das Markus auf ein von einem Kiesweg umrahmtes Rasenstück blicken kann, steht ein Schreibtisch, auf dessen Platte eine grüne Schreibunterlage und rechts davon mehrere Bücher übereinandergestapelt liegen. Ein Bleistift, ein Kugelschreiber und ein Radiergummi liegen in einer Schale. Vor dem Schreibtisch steht ein mit Leder bezogener Stuhl, unter dessen Fuß Rollen angebracht sind. An der freien Wand neben dem Fenster, alle anderen Wände sind mit bis zur Decke reichenden Bücherborden zugestellt, hängt ein Bild. Noch bevor Markus die Pfeife entdeckt, die in einem Glasaschenbecher liegt, riecht er den Honiggeruch des Tabaks. Er wagt es nicht, sich auf das lederbezogene Sofa zu setzen, bleibt stehen und versucht, sich Berger in diesem Zimmer vorzustellen, am Schreibtisch sitzend, die Pfeife rauchend und in einem der Bücher blätternd, die er aus dem Bücherbord herausgenommen und griffbereit auf die Schreibtischplatte gelegt hat. Er weiß nicht, wie lange ihn Berger warten läßt, erst als dieser die Tür öffnet und hereinkommt, glaubt er, er habe lange auf ihn warten müssen.

»Was wissen Sie von ihrem Haus?«

Berger wiederholt seine Frage, die er Markus schon im Auto gestellt hat und die noch nicht beantwortet worden ist.

Berger hat sich umgezogen, trägt jetzt einen dunklen Anzug über einem weißen Hemd. Er setzt sich auf das Sofa, schlägt die Beine übereinander, wodurch sie noch kürzer wirken, und streckt, als wolle er Markus berühren, seine Hand aus.

»Setzen Sie sich«, sagt er.

Da es nur die Möglichkeit gibt, sich neben Berger zu setzen oder auf den Stuhl vor dem Schreibtisch, zögert Markus, als habe er Angst, einen Fehler zu machen, rollt dann den Stuhl vom Schreibtisch weg, bis er Berger gegenübersteht. Als er sich setzt, spürt er die Federung des Stuhls, die die Rückenlehne leicht nach hinten kippen läßt, so daß er sich erschrocken nach vorne beugt und dabei Bergers noch immer ausgestreckte Hand mit seiner Hand berührt.

»Im Herbst neunzehnhundertvierzig muß die Familie Bruhns ihr Haus aufgeben«, sagt Berger, nachdem Markus seine Hand zurückgezogen hat, »es wurde beschlagnahmt und bis Kriegsende als untergeordnete Nebenstelle der Gestapo genutzt.«

Berger, der in dem Anzug fremd aussieht, lehnt sich zurück und blickt, während Markus darauf wartet, daß er weiterspricht, über ihn hinweg gegen die Bücherwand. Als könne er dieses Mal sein Schweigen nicht ertragen, das er in Bergers Büro so lange aushalten mußte, sagt Markus:

»Was wurde aus der Familie?«

Berger antwortet nicht sofort, streicht über seinen Kopf, als wolle er sein Haar ordnen.

»Nachdem sie in ein sogenanntes Judenhaus ziehen mußten, wurde dieses mit den ersten Deportationen geräumt«, sagt er, ohne daß Markus die Feindseligkeit, mit der Berger über seine Tochter gesprochen hat, aus seinen Worten heraushören kann, »aber hat Ihnen das Selma Bruhns nicht erzählt?«

Berger beugt sich vor und sieht ihn an. Er legt seine Hand auf Markus' Knie.

»Ganz ruhig«, sagt er, »wir werden zu ihrem Haus fahren. Vielleicht werden Sie mir dort das sagen, was Selma Bruhns Ihnen gesagt hat.«

Aber er steht nicht auf, sieht Markus an mit einem Blick, der zugleich abwartend, zurückhaltend und beobachtend ist, und Markus, der seinen Blick aushält, hat den Wunsch, Berger möge die Pfeife aus dem Glasaschenbecher nehmen, sie mit Tabak stopfen und anzünden.

»Nach dem Krieg war das Haus kurze Zeit ein Hilfslazarett, dann wurde es für zwei Jahre ein Kinderheim für Kriegswaisen«, sagt Berger, »danach stand es leer, bis Selma Bruhns zurückkehrte und ihr das Haus wieder übereignet wurde.«

Markus hatte lange gearbeitet. In der fensterlosen Kammer hockend, bemerkte er nicht, daß es Nacht wurde. Das Licht der Glühbirne fiel, Schatten auf den Boden zeichnend, unverändert auf ihn herab.

»Kommen Sie mit.«

Markus hatte sich daran gewöhnt, daß er ihr Kommen nicht bemerkte, daß sie in unberechenbaren Zeitabständen die Tür der Kammer öffnete, sich vielleicht absichtlich vorsichtig durch die Diele nähernd, um ihn bei der Arbeit zu kontrollieren. Er stand auf und wollte ihr den letzten Stapel der Briefe, die er heute geordnet hatte, übergeben, aber sie nahm ihm die Briefe nicht ab, wiederholte nur ihre Aufforderung, wandte sich um und ging in die Diele zurück. Er folgte ihr zögernd, den Briefstapel in beiden Händen haltend, vorsichtig, um ihn nicht fallen zu lassen und so die Arbeit der letzten Stunde zunichte zu machen. Sie gingen hintereinander durch den schmalen Gang bis zur Küche, verließen durch den Seitenausgang das Haus und standen im Hof.

»Haben Sie mir nachspioniert?«

Selma Bruhns trat auf ihn zu, nahm ihm den Briefstapel ab und legte ihn auf den Boden. Von ihrer Frage überrascht, schwieg Markus. Erst jetzt schien er die Dunkelheit wahrzunehmen, aus der das Licht, das aus der geöffneten Küchentür fiel, ein helles Rechteck herausschnitt, in dem sie stand, den Rücken zur Tür gewandt, so daß Markus ihr Gesicht nicht erkennen konnte.

»Leben Sie allein?« hörte er sie sagen, wobei er das Gefühl hatte, sie spräche nicht zu ihm, sondern zu jemand anderem, der sich in der Dunkelheit verbarg.

»Ich lebe mit einer Frau zusammen«, sagte er, und noch während er den Satz aussprach, spürte er den Wunsch, seine Worte zurückzunehmen.

»Sind Sie glücklich?«

Die Frage klang, von ihr ausgesprochen, wie eine Herausforderung. Sie schien es zu akzeptieren, daß er nicht antwortete, griff in die Tasche ihres Kleides und holte eine Streichholzschachtel heraus.

»Da Sie mich beobachtet haben und wissen, was ich hier im Hof tue«, sagte sie, trat auf ihn zu und hielt ihm die Streichholzschachtel entgegen, »werden Sie heute abend die Briefe verbrennen.«

Markus wich einen Schritt zurück. Unwillkürlich verschränkte er seine Arme hinter seinem Rükken und sagte, wobei er befürchtete, seine Stimme könnte versagen:

»Warum soll ich das tun?«

Selma Bruhns verließ das helle Rechteck, das sich auf den Platten des Hofes abzeichnete. Markus konnte nur noch vermuten, wo sie sich befand.

»Nein«, sagte er.

Das Wort kostete ihn mehr Kraft, als er erwartet hatte. Er sah, wie in der Dunkelheit ein Streichholz aufflammte. Selma Bruhns trat wieder in das Licht, bückte sich und hielt das brennende Hölzchen an den Papierstapel. Die Briefbögen, in den Jahren spröde und trocken geworden, fingen sofort Feuer. Die Flamme loderte auf, Markus sah Schatten und Licht über ihr Gesicht huschen. Er glaubte, ein Lächeln auf ihren Lippen zu erkennen, aber er war sich nicht sicher. Die Flamme wurde kleiner und erlosch. Selma Bruhns zertrat die Asche mit ihren Stiefeln.

»Bevor Sie gehen, kommen Sie bitte in mein Zimmer«, sagte sie, trat aus dem Licht, und Markus sah sie als Schatten auf die Küchentür zugehen. Er blieb im Hof zurück, ging zur Treppe, die auf die Terrasse führte, und setzte sich auf die unterste Stufe. Er hörte die Tiere, weit von ihm entfernt, im Dickicht des Gartens. Als er aufstand, spürte er den Schmerz in seinen Beinen, da er tagelang in der Kammer gehockt hatte. Langsam ging er auf das helle Rechteck der Küchentür zu. Seine Augen gewöhnten sich an das Licht, als er die Küche durchquerte, die Diele erreichte, wo er stehenblieb, unschlüssig, ob er noch einmal in die Kammer zurückkehren oder gleich ihrer Aufforderung nachkommen sollte, ihr in ihr Zimmer zu folgen. Doch bevor er einen Entschluß fassen konnte, öffnete sich die Tür ihres Zimmers. Selma Bruhns, das Zimmer nicht verlassend, blieb im Türrahmen stehen und sagte mit leiser Stimme, ihre eine Hand auf der Türklinke lassend, mit der anderen Hand über ihr Kleid streichend, in einer Bewegung, die Markus an die junge Frau erinnerte, die er auf dem Foto gesehen hatte:

»Kommen Sie.«

Sie trat zur Seite, und Markus blickte durch die offene Tür auf das Sofa, unter dem Lichtkegel der Stehlampe. Zögernd betrat er das Zimmer, wobei er, als er an ihr vorbeiging, darauf achtete, sie nicht zu berühren. Sofort empfand er die unnatürliche Wärme des Raumes. Er machte zwei Schritte und blieb stehen. Hinter ihm schloß Selma Bruhns die Tür.

»Sehen Sie sich um«, sagte sie und ging an ihm vorbei zu einem mit grünem Bezug bespannten Lehnstuhl und setzte sich, die Beine übereinanderschlagend und die Hände in ihren Schoß legend.

Jetzt bemerkte Markus die Heizsonne, die neben dem Sofa stand.

»Haben Sie Lust, ein Spiel mit mir zu spielen«, sagte Selma Bruhns. Ihre Stimme klang weicher als sonst. Markus trat einen Schritt vor, konnte sich aber nicht entschließen, sich zu setzen, und blickte über ihre ruhig im Lehnstuhl abwartende Gestalt hinweg gegen die Wand. In dem schwachen Licht sah er ein Bild, eine Frau, die in den Händen einen Ball oder eine Kugel hielt wie die Figur, die Markus im Garten entdeckt hatte.

»Das Spiel ist kinderleicht«, sagte sie, griff in die Seitentasche ihres Kleides, holte ein Kartenspiel heraus und legte es auf den neben ihrem Stuhl stehenden niedrigen Tisch. Als Markus sich endlich in den Sessel setzte, spürte er die Wärme der Heizsonne an seinen Beinen. Er beobachtete, wie sie die Spielkarten aus der Papphülle herausnahm und sie, nachdem sie sie gemischt hatte, als würde sie das Spiel jeden Abend spielen, auf zwei Stapel verteilte. Den einen der Stapel schob sie über die Tischplatte Markus zu, den anderen nahm sie in ihre Hand.

»Ich bin kein guter Spieler«, sagte Markus.

»Wir ziehen jeder eine Karte«, sagte sie, ohne auf seinen Einwand zu achten. Ihre Worte klangen ungeduldig, als wollte sie das Spiel, das sie vorgeschlagen hatte, so schnell wie möglich wieder beenden.

»Wir tun es dreimal. Der, der zweimal eine höhere Karte gezogen hat, hat gewonnen.«

Sie sprach immer schneller, und ihre Stimme hatte zum Schluß alle Freundlichkeit verloren. Markus, der sie nicht ansah, mußte seinen Wunsch unterdrücken, aufzustehen und das Zimmer und ihr Haus zu verlassen. Er machte nicht den Versuch, herauszufinden, warum sie ihn in ihr Zimmer gebeten und ein Spiel vorgeschlagen hatte, dessen Sinn er nicht verstand, aber er spürte, vielleicht gerade weil ihm der Sinn verborgen blieb, eine Gefahr.

»Ich fange an«, sagte sie, zog eine Karte aus ihrem Stapel und legte sie auf den Tisch, »ein König.«

Markus, der nicht vor ihr verbergen konnte, daß seine Hand zitterte, zog seine Karte. Es war ein Bube. Ohne eine Pause zu machen, zog Selma Bruhns die zweite Karte. Es war eine Sieben. Ebenso schnell, um nicht einen Augenblick über das, was sie hier taten, nachdenken zu müssen, legte Markus seine zweite Karte auf den Tisch. Es war eine Zehn.

»Die dritte Karte entscheidet das Spiel«, sagte sie. Markus glaubte, in ihren Worten einen leisen Triumph zu hören.

»Ziehen Sie zuerst.«

Markus nahm aus der Mitte seines Stapels die dritte Karte. Eine Dame. Selma Bruhns legte ihre Karte daneben auf die Tischplatte.

»Ein As«, sagte sie.

»Sie haben gewonnen«, antwortete Markus, erleichtert, als wäre er froh, dieses Spiel verloren zu haben.

»Ich gewinne immer«, sagte Selma Bruhns.

Der sechste Tag

Sie gehen durch den Vorgarten auf ihr Haus zu.

Berger hatte, bevor sie losgefahren sind, einen Mantel angezogen, der den Anzug verbirgt und seine Gestalt, da der Mantel bis an seine Fußknöchel reicht, umhüllt. Auf der Fahrt in die Kurfürstenallee, während Berger schwieg, als brauchte er alle Aufmerksamkeit, um den Weg zu finden, und so langsam fuhr, daß die Autos hinter ihm zu hupen begannen, dann wieder so schnell, daß er den Wagen nicht rechtzeitig an den Kreuzungen abbremsen konnte, hatte Markus herauszufinden versucht, warum Berger ihn in sein Haus gebracht hat, in sein Zimmer, in dem seine Pfeife im Glasaschenbecher gelegen hat. Bergers Auto war auf der Ringstraße nur langsam vorangekommen. Berger hatte sich in seinem Sitz zurückgelehnt, die Hände vom Steuer genommen und, ohne sich Markus zuzuwenden, gesagt: »Wenn diese Frau in so erbärmlichen Umständen gelebt hat, warum haben Sie sich nicht an die dafür zuständigen Behörden gewandt?«

Als brauchte er Zeit für seine Antwort oder als müßte er sich entscheiden, ob er Bergers Frage beantworten will, hatte Markus das vor ihnen langsam vorrückende Auto beobachtet.

»Sie hat nicht in erbärmlichen Umständen gelebt.«

Nachdem sie die Kreuzung passiert hatten, konnte Berger wieder schneller fahren.

»Haben Sie sie für zurechnungsfähig gehalten?« hatte er Markus gefragt.

Er wandte den Blick nicht von der Straße, wechselte dennoch erst im letzten Augenblick die Spur, um in das Villenviertel abbiegen zu können. Markus hatte nicht gewußt, ob Berger diese Fragen stellt, um etwas über Selma Bruhns zu erfahren oder um herauszufinden, was Markus über sie gedacht hat.

»Ja«, hatte er geantwortet.

»Ihre Familie wurde getrennt. Der Vater ist nach Auschwitz deportiert worden. Die beiden Frauen wurden nach Treblinka gebracht.«

Vielleicht hatte Berger die vorhergehenden Fragen nur gestellt, um Markus auf diese Aussage vorzubereiten. Seit Markus in Bergers Haus gewesen ist, hatte er das Gefühl, Bergers Stimme habe sich verändert.

»Welche Frauen?« hatte er gefragt.

Berger hatte den Wagen vor ihrem Haus angehalten.

»Die Mutter von Selma Bruhns und ihre Schwester.«

Er hatte die Fahrertür geöffnet und war aus dem Wagen gestiegen.

Als sie die Haustür erreichen, sieht Markus das Siegel, mit dem ihre Tür verschlossen ist, ein Papierstreifen mit einem Stempel, der über den Türspalt geklebt ist. Berger holt einen Schlüssel aus der Manteltasche, steckt ihn in das Türschloß und öffnet die Tür, wobei das Siegel zerreißt.

»Ihre Schwester hieß Almut«, sagt Markus, bevor er ihr Haus betritt. Berger schließt die Tür. Sie gehen die wenigen Stufen hinauf in die Diele und stehen im Dämmerlicht, das durch die immer noch verhängten Fenster über der Treppe dringt. Markus lauscht, ob er die Tiere hören kann, ob sie noch die Zimmer besetzt halten und jeden Augenblick die Treppe herunterstürmen können. Während sie sich gegenüberstehen, überlegt er, ob Berger ihn, obwohl er seinen Verdacht kein einziges Mal ausgesprochen hat, hierhergebracht hat in der Hoffnung, Markus würde ein Geständnis ablegen.

»Die kranken Tiere wurden getötet. Die anderen wurden ins Tierheim gebracht«, sagt Berger, tritt einen Schritt vor und legt seine Hand auf die Rückwand der Diele, in das helle Rechteck auf der Tapete.

»Dort hat ein Bild gehangen«, sagt er, »das Bild

eines alten Mannes. Sie hat es verkauft, um das Geld zusammenzubekommen, das sie, wie Sie behaupten, Ihnen geschenkt hat.«

Er geht zu der Tür, die in das Zimmer führt, das Selma Bruhns bewohnt hat, öffnet sie aber nicht, obwohl er den Türgriff schon in der Hand hält.

»Hier wurde sie gefunden«, sagt er.

Ohne Markus anzusehen, als habe er nicht zu ihm gesprochen, geht Berger zur Treppe und setzt sich auf die unterste Stufe.

»Haben Sie sie beobachtet, als sie das Geld in den Koffer legte, haben Sie ihn zu stehlen versucht und, als sie Sie dabei überraschte, die Nerven verloren und den weißen Schal zusammengezogen, bis sie nicht mehr atmete?«

Markus glaubt, jetzt freier atmen zu können, nachdem Berger seinen Verdacht ausgesprochen hat.

»Wer war der alte Mann auf dem Bild«, sagt er.

»Es war Selma Bruhns' Vater«, antwortet Berger, »das Bild hing bis zu ihrer Rückkehr im städtischen Museum.«

Berger steht auf.

Markus zündete sich eine Zigarette an und legte seinen Hinterkopf auf die Umrandung des Bettgestells, so daß er über die Decke hinweg in das Zimmer blicken konnte, gegen die Wand, an der Christine mit Stecknadeln ein Poster an die Tapete geheftet hatte. Auch nachdem er die Zigarette ausgedrückt hatte, zögerte er aufzustehen.

Als er gestern abend nach Hause gekommen war, hatte er auf dem Küchentisch einen Zettel gefunden, den Christine dort hingelegt und auf dem sie ihm in einem Satz, ohne eine Begründung hinzuzufügen, mitgeteilt hatte, sie würde bei einer Freundin übernachten. Er hatte den Zettel zerrissen und die Papierschnitzel in den Abfall geworfen. Er war ins Wohnzimmer gegangen und hatte im Telefonbuch die Nummer der Freundin, bei der Christine war, herausgesucht.

Nachdem er die Nummer gewählt und das Freizeichen sechsmal gehört hatte, legte er den Hörer zurück. Schnell, als hätte er verhindern wollen, über das, was er tat, nachdenken zu müssen, hatte er den Hörer wieder abgenommen und die Nummer der Auskunft gewählt.

»Selma Bruhns«, hatte er gesagt, »sie wohnt in der Kurfürstenallee.«

Er hatte gewartet und von der unpersönlichen Stimme erfahren, daß es unter diesem Namen und dieser Adresse keinen Telefonanschluß gäbe oder daß es sich um eine Geheimnummer, die nicht in das öffentliche Verzeichnis aufgenommen worden wäre, handeln könnte. Er hatte unruhig geschlafen.

Die Haustür war verschlossen, als er, später als

sonst, sein Auto abgestellt hatte und zu ihrem Haus gegangen war. Da es keine Klingel gab, klopfte Markus. Er tat es zweimal, dann gab er auf, ging die Stufen, die zur Haustür führten, hinunter und blickte am Haus hinauf, als hoffte er, sie würde sich an einem der Fenster zeigen. Als eine der Katzen mit einem schwarz und weiß gefleckten Fell aus dem Unkrautdickicht hervorkam und auf dem schmalen Pfad am Haus entlangschlich, offensichtlich ohne Furcht vor ihm, folgte er ihr. Er ging um das Haus herum auf den Hof, auf dem noch die Aschenflecke zu erkennen waren. Die Küchentür stand einen Spaltbreit offen. Markus beobachtete, wie eine junge Katze durch den Türspalt auf den Hof kam, stehenblieb, den Kopf ins Licht drehte, dann auf Markus zukam. Er bückte sich und hob sie hoch. Nachdem sie es sich erst gefallen ließ, begann sie sich zu wehren und ihre Krallen über seine Handrücken zu ziehen. Sie hinterließen winzige Spuren. Er hielt ihre Pfoten fest und betrat die Küche.

»Frau Bruhns.«

Er glaubte, am Klang seiner Stimme zu erkennen, daß sich niemand im Haus befand. Dennoch ging er weiter, die junge Katze an sich drückend, durch das Haus, bis er in das helle Zimmer gelangte, dessen Fenster dem Garten zugewandt waren und in dem der Flügel gestanden hatte.

»Frau Bruhns.«

Langsam ging er den Weg zurück, erst als er wieder auf dem Hof stand, bückte er sich, setzte die Katze vorsichtig auf den Boden und ging um das Haus herum auf die Straße. Unschlüssig blieb er neben seinem Auto stehen, aber obwohl er schon den Schlüssel aus seiner Tasche geholt hatte, wandte er sich ab und ging die Straße hinunter, bis er die Telefonzelle erreichte.

Er wählte.

»Ich möchte Frau Baumann sprechen.«

Er mußte warten, dann hörte er Christines Stimme.

»Bist du wieder bei ihr?« sagte sie.

Markus antwortete nicht sofort.

»Markus«, sagte Christine.

»Heute werde ich mit meiner Arbeit fertig werden«, sagte er. Das Gefühl, sich ihr gegenüber rechtfertigen zu müssen, verwirrte ihn, da er es nicht verstand.

»Wirst du heute abend zu Hause sein?«

Als er die Frage aussprach, wußte er, daß er nur zur Telefonzelle gegangen war, um diese Frage zu stellen.

»Und du? Wirst du zu Hause sein?« sagte Christine. »Wirst du wieder nachts aufstehen und ihre Briefe lesen?«

»Ich werde zu Hause sein«, sagte er.

Jetzt schwieg Christine. Er hörte im Hintergrund eine Männerstimme, die laut und unverständlich etwas sagte.

»Ich werde da sein, Markus«, sagte Christine und legte den Hörer auf, bevor Markus noch etwas erwidern konnte. Er verließ die Zelle, aber ein schriller Ton rief ihn zurück, weil er vergessen hatte, die Telefonkarte aus dem Apparat zu ziehen. Als er zurückging, fuhr eine Taxe an ihm vorbei. Sie hielt vor Selma Bruhns' Haus. Er sah sie aus der Taxe steigen. Sie trug einen hellen Mantel, der nicht lang genug war, um ihr rotes Kleid zu verdecken. In der Hand hielt sie den schwarzen Aktenkoffer, den er gekauft hatte. Während sie sich nach vorn beugte, um den Fahrer zu bezahlen, hatte Markus sie erreicht. Als sie sich aufrichtete, sah sie ihn an, ohne jedes Erstaunen. Sie hielt ihm den Aktenkoffer entgegen.

»Bringen Sie ihn hinein«, sagte sie, öffnete die Pforte und ging auf ihr Haus zu.

Der Taxifahrer wendete und fuhr die Kurfürstenallee zurück.

Liebe Almut,

in Eile. Das Frachtschiff, das mich zurückbringt, nähert sich der Küste. Die Lichter der Leuchttürme und der Bojen weisen den Weg in den großen Fluß. Ich sitze in meiner Kabine, neben mir die gepack-

ten Koffer. Ich wage es nicht, nach oben zu gehen, mich in das graue Licht zu stellen und das Schreien der Möwen zu hören, die jetzt, in Landnähe, das Schiff begleiten. Ich fürchte mich davor, am Horizont das Land auftauchen zu sehen, das ich vor so langer Zeit verlassen habe. Was erwartet mich? Schwarze Fahnen? War es ein Fehler, der Sehnsucht, Dir nahe zu sein, nachzugeben? Werde ich Dir weiter schreiben können, wenn ich Dir so nahe bin? In dem Haus, in dem wir beide gewohnt haben?

Erinnerst Du Dich, Almut?

An den großen Fluß, in dem wir gebadet haben, den Schiffen entgegengeschwommen sind, um uns in ihren Wellen zu wiegen, obwohl man es uns verboten hatte? An dem wir die schwarzen Wolken der Gänse am Abendhimmel beobachtet haben, die sich von den Flußwiesen erhoben und die Luft mit ihrem Geschrei erfüllten, so daß wir unsere Worte nicht mehr verstehen konnten? Auf dem wir die Schiffe flußabwärts haben fahren sehen mit den blinden Passagieren in den Laderäumen? Erinnerst Du Dich, Almut?

Diese Worte verlieren ihre Kraft, je näher ich dem Hafen komme, in dem das Schiff anlegen wird. In dem ich es verlassen und in die Sprache eintauchen werde, die ich so lange nicht gesprochen und so lange vermißt habe und aus der ich geflohen bin.

Erinnerst Du Dich, Almut?

Du sagtest, gute Reise, und ich sagte, was haben wir getan, und Du sagtest, wir werden uns bald wiedersehen, und ich wußte, daß das nicht wahr war. Ich sagte, ich bleibe, und Du sagtest wieder, gute Reise, und ich sagte, wir haben Unrecht getan, und Du sagtest, nein. Du sagtest, wir werden uns wiedersehen, und ich wußte, daß das nicht wahr war. Ich sagte, laß es uns rückgängig machen, und Du sagtest, es ist doch nur ein Spiel. Ich schwieg.

Wenn meine Gedanken ihre Kraft verlieren, höre ich das Stampfen des Dieselmotors, als wäre es der Beweis für mein Verstummen, und ich glaube, das Wirbeln der Schiffsschrauben im Zittern des Tisches zu spüren. In Eile, Almut. Ich war an Deck. Das Lotsenboot nähert sich unserem Schiff.

Sie sind nach oben gegangen, über die mit Katzendreck bedeckten Stufen, am verhängten Fenster vorbei, Berger geht voran, Markus folgt ihm.

»Wenn sie Nachforschungen über Sie hat anstellen lassen, muß sie etwas von Ihnen gewollt haben«, sagt Berger, betritt am Ende der Treppe den Flur, geht zu einer der Türen, die rechts und links in die Zimmer führen, und öffnet sie.

»Was hat sie von Ihnen gewollt«, sagt er, ohne das Zimmer zu betreten. Markus ist bei der Treppe stehengeblieben, atmet den Geruch der Tiere ein, der zurückgeblieben ist. Er antwortet nicht. Als Berger in das Zimmer, dessen Tür er geöffnet hat, hineingeht und Markus nur noch seine Schritte hört, glaubt er für einen Augenblick, es seien ihre Schritte und er müsse sich darauf vorbereiten, ihr zu begegnen, daß sie vielleicht sagen würde: »Es ist leichte Arbeit, die Sie für mich machen sollen.« Daß sie, die Stufen hinuntergehend, sagen würde: »Folgen Sie mir.« Gleichzeitig glaubt Markus, das Katzengeschrei zu hören, das durch das Haus hallt, laut und durchdringend.

»Sie hat von mir verlangt, daß ich ihr beim Sterben helfe«, sagt er leise.

Mit wenigen Schritten folgt er Berger in das Zimmer und, als er Berger am Fenster stehen sieht, wiederholt er seine Worte.

»Sie hat von mir verlangt, daß ich ihr beim Sterben helfe.«

Berger wendet sich nicht zu ihm um. Er greift mit der rechten Hand in den von der Sonne verblichenen Stoff und reißt ihn herunter. Sofort dringt das Licht in den Raum, und geblendet hält Markus die Hand vor die Augen.

»Können Sie sich vorstellen, daß in diesem Zimmer Menschen gewohnt haben«, hört er Berger sagen, »die glücklich oder unglücklich waren und die nicht damit gerechnet haben, ihr Glück oder ihr Unglück könnte sie jemals verlassen?«

Berger hat leise gesprochen, als richte er seine Worte nicht an Markus.

»Hier wird niemand mehr wohnen.«

An Markus vorbeigehend, verläßt Berger den Raum. Markus, der ihm folgt, beobachtet, wie Berger von Tür zu Tür geht, die Türen öffnet, die Zimmer betritt und von jedem Fenster die Vorhänge herunterreißt. Erst im letzten Zimmer, das größer ist als die anderen und eine Tür an der Seitenwand hat, durch die Markus in ein separates Badezimmer blicken kann, bleibt Berger am Fenster stehen. Neben dem Fenster befindet sich eine bis zum Boden verglaste Balkontür, von der Berger auch die Vorhänge heruntergerissen hat.

»Kommen Sie«, sagt Berger.

Er öffnet die Balkontür, und sie treten zusammen hinaus. Berger beugt sich über das Eisengitter und blickt hinunter in den Garten.

»Hier muß das Ehebett gestanden haben.«

Berger ist in das Zimmer zurückgegangen und hat begonnen, die Plätze abzuschreiten, auf denen sich, wie er zu glauben scheint, die nicht mehr vorhandenen Möbel befunden haben. Er bewegt sich schnell und zielstrebig, als wolle er das Zimmer neu einrichten.

»Hier an der Rückwand stand der Kleiderschrank, und hier neben den Fenstern hat der Toilettentisch gestanden.«

Markus ist in der offenen Balkontür stehengeblieben. Er hört das Surren eines Rasenmähers aus dem Nachbargarten. Während er zu Berger hinüberblickt, der jetzt auf die Tür des Badezimmers zugeht, glaubt er, das Trommeln der Katzenpfoten auf den Treppenstufen zu hören.

»Dies war das elterliche Badezimmer, das die Kinder nicht betreten durften«, sagt Berger, an der offenen Tür stehenbleibend. Er sieht Markus an, nicht fordernd oder vorwurfsvoll, eher nachdenklich, als müsse er überlegen, wer Markus sei. Das Badezimmer ist mit blauen Fliesen gekachelt, hat eine separate Dusche, eine Badewanne, zwei Waschbecken, eine Toilette und ein Bidet. Berger bleibt in der Mitte des Raumes stehen. Er hat die Deckenbeleuchtung angeschaltet. Markus beobachtet ihn. Berger wendet sich zur Wanne, beugt sich hinunter und dreht den Hahn auf. Das Wasser, erst braun und getrübt, dann klarer werdend, sprudelt in die Wanne. Ohne den Hahn wieder zuzudrehen, geht Berger zu den Waschbecken und dreht auch dort die Wasserhähne auf. Das Rauschen des Wassers erfüllt den Raum. Berger hockt sich auf den Deckel der Toilette.

»Das Bidet, verstehen Sie«, sagt er, »deshalb durften die Kinder damals nicht in dieses Badezimmer.«

Zuerst glaubt Markus, in seinen Worten sei wieder Feindseligkeit verborgen, aber dann, in der

Mitte des Satzes, verändert sich Bergers Stimme. Sie wird sanfter und leiser, bis sie im Rauschen des Wassers verklingt. Als Berger bewegungslos sitzenbleibt, geht Markus, weil er es nicht länger ertragen kann, zu den Waschtischen, schließt die Wasserhähne, geht dann zur Badewanne und dreht auch hier den Hahn zu. Die Stille beruhigt Markus, wird aber, je länger sie andauert, immer bedrohlicher.

»Zeigen Sie mir, wo Sie gearbeitet haben«, sagt Berger.

Markus hatte drei Stunden in der Kammer gehockt. Er mußte sich jetzt oft weit über den Rand der letzten der drei Kisten beugen, um an die Briefe heranzukommen. Um ihn herum stapelten sich diejenigen, die er schon geordnet hatte, und er bewegte sich vorsichtig zwischen den Stapeln. Aber sie kam nicht, um die Briefe abzuholen, wie sie es sonst, und in den letzten Tagen in immer kürzeren Abständen, getan hatte. Das Haus war still, als Markus lauschte, nicht einmal die Tiere waren zu hören. *Als ich das Haus betrat, das einmal unser Haus gewesen ist, wußte ich, daß es nicht mehr unser Haus war. Es empfing mich kalt und abweisend. Als ich in der Diele stand, rührte ich mich nicht. Ich lauschte. Auch die Stille war kalt und abweisend, und es war keine wirkliche Stille, in ihr verbarg sich das Flüstern vieler Stimmen, die in unserer*

Abwesenheit das Haus in Besitz genommen haben. Ich war eine Fremde. Schon als ich das Schiff verlassen hatte und vom Hafen zum Bahnhof gefahren wurde, als ich die Menschen sah, die vor den Geschäften standen, als ich durch die Scheiben des Autos in ihr Lachen blickte, war ich eine Fremde. Als ich im Zug saß und der Mann, der den Platz mir gegenüber eingenommen hatte, seine Zeitung aufschlug, als ich, ohne es zu wollen, die Überschriften über den Artikeln las und sie nicht verstand, war ich eine Fremde. Als ich den Bahnhof in der Stadt verließ, die unsere Stadt gewesen war, und auf den Bahnhofsplatz trat, auf dem ich nur die Tauben wiedererkannte, als der Geruch aus einem Bratwurststand mir entgegenschlug und ich den Ekel, der in mir hochstieg, niederkämpfen mußte, war ich eine Fremde. Als ich mich, in der Taxe sitzend, den Straßen näherte, durch die wir mit unseren Rollschuhen gelaufen waren, und als ich nur die Bäume, die die Straßen säumten, als freundlich empfand, war ich eine Fremde. Als ich ausstieg und es kaum wagte, die Pforte zum Garten zu öffnen, als ich im Quietschen der Scharniere etwas wiederzuerkennen glaubte, an das ich mich nicht erinnern konnte, war ich eine Fremde. Und jetzt, in diesem Haus, spüre ich in mir nur den Haß des Fremden, der nicht willkommen ist. Und mit dem Haß, der sich bald verändern wird, um mich ganz in Besitz zu nehmen, verliere ich meine Stimme. Obwohl ich Dir jetzt so nahe bin, entziehst Du Dich mir. Meine Rückkehr in dieses Land ist eine Rückkehr in das Schweigen. Du hast das Haus verlassen, Almut, für immer. Als Markus glaubte, seinen Namen zu hören, weit entfernt, so daß er nicht wußte, ob er sich getäuscht hatte, stand er auf und ging in die Diele.

»Herr Hauser.«

Sie mußte in der Küche oder im Durchgangszimmer sein. Er zögerte, ihrem Rufen zu folgen, und versuchte, sich so zu verhalten, als hätte er es nicht gehört. Er war schon auf dem Weg zurück in die Kammer. Nur noch wenige Stunden, und er hätte seine Arbeit beendet. Aber als sie ihn zum dritten Mal rief, ging er doch in das Durchgangszimmer. Sie stand vor der geöffneten Küchentür.

»Ich habe Ihnen etwas zu essen gemacht«, sagte sie, trat zur Seite, damit Markus an ihr vorbei die Küche betreten konnte, und fügte, als Markus zögerte, hinzu, »Sie werden Hunger haben.«

Obwohl die Vorstellung ihn erschreckte, in ihrer Küche vor ihren Augen etwas essen zu müssen, betrat er, als wäre kein Widerspruch möglich, die Küche, sah, daß der Tisch mit einem Teller, Messer und Gabel, einer Bierflasche und einem Glas gedeckt war und auf dem Herd in einer Pfanne ein Stück Fleisch schmorte. Schon als er sich dem

Tisch näherte, als er den Geruch einatmete, der ihm vom Herd entgegenströmte, spürte er ein würgendes Gefühl in der Kehle. Er glaubte, es wäre ihm unmöglich, auch nur einen Bissen hinunterzukriegen. Dennoch setzte er sich. Sie war ihm gefolgt, ging zum Herd, nahm die Pfanne und trat an den Tisch. Sie ließ das Stück Fleisch auf den Teller gleiten und die fettige Soße darauf tropfen. Ohne etwas zu sagen, wandte sie sich wieder dem Herd zu, hob den Topf herunter, trug ihn zum Tisch und füllte Markus mit einem Löffel Kartoffeln auf den Teller.

»Trinken Sie«, sagte sie, nahm die Bierflasche und goß das Bier so ungeübt in das Glas, daß fast nur Schaum entstand. Markus griff nach Messer und Gabel und versuchte, ein Stück von dem Fleisch abzuschneiden. Es war zäh, und es gelang ihm erst nach mehreren Versuchen. Seinen Widerwillen unterdrückend, begann er zu essen. Sie hatte sich einen Stuhl herangezogen und sich ihm gegenüber an den Tisch gesetzt. Aus der Seitentasche ihres Kleides holte sie eine Zigarettenschachtel, zog eine Zigarette heraus, drehte sie erst in ihren Fingern, dann steckte sie sie zwischen ihre Lippen und zündete sie an.

»Was werden Sie machen, wenn Sie die Arbeit bei mir beendet haben?« sagte sie.

»Ich werde mir andere Arbeit suchen«, antwortete er.

»Gelegenheitsarbeit?«

»Ja«, sagte Markus.

Er zwang sich weiterzuessen und kaute lange auf jedem Bissen, bis er sich überwinden konnte, ihn hinunterzuschlucken.

»Wann werden Sie als Schriftsteller Geld verdienen?« sagte sie.

Während Markus nach einer unverbindlichen Antwort suchte, überlegte er, warum sie ihm dieses Essen zubereitet hatte. Ob sie es nur getan hatte, um ihm diese Fragen zu stellen.

»Ich weiß es nicht«, sagte er schließlich.

»Warum sind Sie nicht Arzt geworden wie ihr Vater?« sagte sie.

Im ersten Augenblick erschrak Markus. Woher wußte sie, daß sein Vater Arzt gewesen war? Hatte er es ihr in den Tagen zuvor erzählt, ohne sich daran erinnern zu können?

»Ich bin nicht so begabt wie mein Vater«, sagte er, und wie bei der Antwort vorher, war er sich nicht sicher, ob er log.

»Er ist gestorben, als Sie neun Jahre alt waren?« sagte sie.

Jetzt blickte Markus sie an, beobachtete, wie sie die Zigarette zum Mund führte und den Rauch tief inhalierte, so daß, als sie wieder ausatmete, kaum noch Spuren des Rauchs zu sehen waren.

»Ja«, sagte er nur, ohne noch länger darüber nachzudenken, woher sie es wußte.

»Sind Sie nichts geworden, weil er Sie allein gelassen hat?«

Zum ersten Mal veränderte sich ihre Stimme. Markus, der ihr nicht antworten wollte, war froh, das Essen hinter sich gebracht zu haben, ohne sie durch eine Ablehnung zu verletzen.

»Danke für das Essen«, sagte er und stand auf, »heute abend werde ich mit meiner Arbeit fertig sein.«

»Ich weiß, daß das Essen Ihnen nicht geschmeckt hat«, antwortete sie, »ich habe seit vielen Jahren kein Essen mehr zubereitet.«

Sie blieb auf ihrem Stuhl sitzen, als Markus zur Tür ging und die Küche verließ, ohne sich noch einmal nach ihr umzusehen.

Durch die Türen, die Berger geöffnet hat, fällt das Tageslicht in den Flur. Es wirft ein Muster aus hellen Rechtecken über den Fußboden.

»Wie lange hat sie allein in diesem Haus gelebt«, sagt Markus. Sie gehen die Treppe hinunter. Da Berger vorangeht und Markus sich eine Stufe über ihm befindet, wirkt Bergers Gestalt noch kleiner.

»Sie ist vor zwanzig Jahren zurückgekommen«, sagt Berger.

Als sie fast das Ende der Treppe erreicht haben, gleitet Berger aus. Er verliert das Gleichgewicht, droht nach vorn die letzten Stufen hinunterzufallen, wirft sich zurück, und Markus greift instinktiv nach Bergers zurückschlagendem Arm und hält ihn fest. Berger fällt rücklings auf die Stufen, sein Kopf schlägt gegen die Beine von Markus. Einen Augenblick lang bewegt er sich nicht. Markus hat Bergers Arm losgelassen, beugt sich hinunter und hält Berger seine Hand entgegen.

»Haben Sie sich verletzt«, sagt er.

Berger antwortet nicht, greift aber nach Markus' Hand, und die Hand fest umklammernd, zieht er sich hoch. Sowie er sich aufgerichtet hat, verzieht er sein Gesicht zu einer schmerzhaften Grimasse, beugt sich nach vorn und reibt, sein Gewicht auf das andere Bein verlagernd, das Knie. Erneut versucht er, mit beiden Beinen aufzutreten, gibt es aber wieder auf und setzt sich auf die Treppenstufe. Markus, der nicht weiß, wie er sich verhalten soll, bleibt hinter ihm stehen.

»Es ist gleich vorbei«, sagt Berger.

Markus geht, als wolle er nicht untätig zusehen, die letzten Stufen der Treppe hinunter. Der Weg in die Küche, noch gestern hatte sie ihm dort ein Essen zubereitet, durch den dunklen Gang und das Durchgangszimmer. Bevor er die Küche betritt, zögert er, als habe er Angst, sie könne, wenn er die Tür öffnet, am Tisch sitzen und eine Zigarette rauchen. Während er zögert, spürt er wieder die Wut in sich hochsteigen, von der er nicht weiß, gegen wen sie sich richtet. Schnell durchquert er die Küche, öffnet den Schrank, nimmt ein Glas heraus, tritt zum Hahn über der Spüle, dreht ihn auf und läßt das Glas vollaufen. Auf dem Küchentisch steht eine Tasse, in der sich ein Kaffeerest befindet, daneben ein Aschenbecher mit einer ausgedrückten Zigarette. Sie ist gestern abend hier gewesen. Markus verläßt die Küche. Als er die Diele erreicht, geht er hinüber zur Treppe, auf der Berger sitzt, und reicht ihm das Glas. Berger nimmt es und trinkt es in einem Zug aus.

»Sie hat mir gestern ein Essen gemacht«, sagt Markus, der nicht vor Berger stehen bleiben will und sich in die Diele zurückzieht, wo er sich gegen die Wand lehnt. Berger stellt das Glas neben sich auf die Treppenstufe und steht auf. Er macht vorsichtig einen Schritt, stampft ungeduldig mit dem verletzten Bein auf den Boden, geht dann die letzten Stufen hinunter und bleibt vor Markus stehen.

»Hat Ihnen das Essen geschmeckt«, sagt er.

Jetzt ist der Ton seiner Stimme wieder bösartig, und für einen Moment glaubt Markus, daß die Wut, die er gespürt hat, bevor er die Küche betrat, die gleiche Wut ist, die Bergers Stimme feindselig macht.

»Nein«, sagt er.

Berger öffnet die linke Tür und betritt das Kaminzimmer. Wieder hört Markus nur seine Schritte auf dem Parkett.

»Sie hat den Flügel auch verkauft, um Sie bezahlen zu können«, hört er Berger sagen. Als Markus das Zimmer betritt, hat Berger es schon wieder verlassen und ist durch die Schiebetür in das dem Garten zugewandte Zimmer gegangen. Markus bleibt in der Türöffnung stehen und sieht zu Berger hinüber, der sich auf den Klavierhocker gesetzt hat, der als einziges Möbelstück zurückgeblieben ist.

»Wofür soll sie mich bezahlt haben?« sagt Markus, aber Berger antwortet ihm nicht. Er dreht sich mit dem Klavierhocker zum Fenster und wendet Markus, wie er es in seinem Büro getan hat, den Rücken zu.

»Hat sie Klavier gespielt, als Sie hier waren«, sagt er.

»Sie hat es versucht«, antwortet Markus.

Mit einer für Markus unvermuteten Bewegung, die so heftig ist, daß der Klavierhocker umfällt, springt Berger auf, knickt unwillkürlich mit dem verletzten Bein ein, und ohne sich zu Markus umzuwenden, schreit er:

»Was hast du ihr getan?«

Markus rührt sich nicht. Er lehnt sich gegen den Türrahmen. Leise sagt er: »Ich habe ihr nichts getan.«

Als Berger auf ihn zukommt, wendet er sich ab,

als wolle er Berger den Triumph nicht gönnen, ihn zum Weinen gebracht zu haben. Er verläßt vor ihm das Kaminzimmer. In der Diele bleibt er stehen, bis Berger ihn erreicht hat.

»Wo ist die Küche«, sagt Berger. Ohne ihm zu antworten, geht Markus voran, durch den dunklen Gang, fast mechanisch läßt er seine Hand an der Wand des Ganges entlanggleiten. Er öffnet die Küchentür. Berger geht an ihm vorbei, und als er die Küche betreten hat, bleibt er am Tisch stehen. Er blickt auf die benutzte Tasse und den Aschenbecher. Markus glaubt, er würde wieder zu schreien beginnen, aber statt dessen greift Berger nach der Tasse, hebt sie hoch und schleudert sie gegen die Wand.

»Warum haben Sie sie gestern abend allein gelassen?« sagt Berger, wieder so leise, daß Markus ihn kaum versteht.

»Sie hat mich weggeschickt«, sagt Markus.

Berger geht zur Wand und schiebt mit seinen Schuhen die Scherben der Tasse zusammen.

»Sie hätten es wissen müssen«, sagt er. Vergeblich versucht Markus herauszuhören, ob Berger seine Worte als Vorwurf gemeint hat.

»Was hätte ich wissen müssen?«

Berger beachtet ihn nicht mehr, öffnet die Türen des Küchenschranks, dann die Tür der Speisekammer, und Markus sieht aus der Entfernung zum ersten Mal die Regale, über und über gefüllt mit Dosen, die Katzennahrung enthalten, und mit Dosen, in denen sich Fertiggerichte befinden. Während Markus sich unwillkürlich vorstellt, wie sie eine der Dosen öffnet und mit einem Löffel direkt aus der Dose ißt, sich vielleicht nicht einmal an den Tisch setzt, sondern den Inhalt der Dose im Stehen in sich hineinschlingt, glaubt er, Berger habe die gleiche Vorstellung, obwohl er Selma Bruhns lebend nicht gekannt hat. Berger schließt die Tür der Speisekammer.

»Gehen wir in die Kammer, in der Sie gearbeitet haben«, sagt er. Einen Augenblick lang, als Berger auf Markus zukommt und sie beide gleichzeitig die Küche verlassen wollen, stehen sie sich im Türrahmen gegenüber. Sie sehen sich an. Dieses Mal geht Berger voraus, bewegt sich so sicher, als sei ihm ihr Haus schon vertraut geworden.

»Ich habe es Ihnen noch nicht gesagt«, sie gehen durch den dunklen Gang, und Berger spricht leise und beinahe geschäftsmäßig, »aber sie hat bei Glowna eine Verfügung hinterlassen, daß das Geld Ihnen gehört.«

Sie treten aus dem Gang in das Dämmerlicht der Diele. Markus, der Berger zugehört hat, als beträfe es ihn nicht und als sei alles, was außerhalb dieses Hauses geschehen ist, nicht wahr, als zweifele er sogar daran, jemals bei Glowna gewesen zu sein oder in Bergers Büro auf Berger gewartet zu haben, geht die wenigen Stufen hinunter, die zur Kammer führen, in der er sechs Tage lang für Selma Bruhns gearbeitet hat. Er öffnet die Tür und schaltet die Glühlampe an, deren Licht, das die Schatten der drei Kisten auf den Boden wirft, ihm vertraut geworden ist. Berger ist in der Türöffnung stehengeblieben und starrt auf die leeren Kisten, als seien sie endlich der Beweis für das, was Markus ihm erzählt und was er bisher nicht geglaubt hat.

»Die letzten Briefe hat sie gestern abend im Hof verbrannt«, sagt Markus.

Berger geht in die Kammer, geht von Kiste zu Kiste und blickt hinein, dann hebt er die Deckel der Kisten und verschließt eine nach der anderen.

»Sie hat die Briefe an eine Tote geschrieben«, sagt er, »und sie hat keinen einzigen der Briefe abgeschickt.«

Berger verläßt die Kammer. Markus löscht das Licht. Als sie wieder in der Diele stehen, als Berger seine Hand auf die Klinke der Tür legt, hinter der sich das Zimmer befindet, in dem sie gewohnt hat, als Markus sich abwendet, vielleicht nur, um Berger zu zeigen, daß er sich weigern wird, dieses Zimmer zu betreten, kommt eines der Tiere die Treppe herunter, das sich, als die anderen eingefangen wurden, erfolgreich verborgen haben muß und das im oberen Stockwerk ein Versteck gefunden hat, das weder Berger noch Markus entdeckt haben. Auf der untersten Stufe der Treppe bleibt es stehen, beäugt erst Berger, dann Markus, setzt sich auf die Hinterpfoten und beginnt, sein Fell zu lecken. Markus greift in seine Hosentasche, holt sein Schlüsselbund heraus – das alles in einer einzigen schnellen und unkontrollierten Bewegung –, hebt die Hand und schleudert das Schlüsselbund gegen das Tier. Er verfehlt es. Das Tier reagiert blitzschnell, springt auf und huscht die Treppe wieder hinauf. Berger, der der Treppe näher steht als Markus, läßt die Türklinke los, geht die Treppe zwei Stufen hinauf, bückt sich und hebt das Schlüsselbund auf. Er wirft es Markus zu.

»Sie können nach Hause gehen«, sagt er, wieder zu der Tür von Selma Bruhns' Zimmer gehend, »ich habe in der Fachliteratur nachgeschlagen. Es ist durchaus möglich, daß ein Mensch sich mit einem Schal selbst erwürgt.«

Berger öffnet die Tür und betritt Selma Bruhns' Zimmer. Als er die Tür von innen schließt, ist Markus allein in der Diele. Obwohl er gehört hat, was Berger gesagt hat, und obwohl er den Sinn von Bergers Worten auch verstanden hat, rührt er sich nicht.

Schließlich geht er die Stufen zur Haustür hinunter, öffnet sie und tritt hinaus.

Da Markus durch das Mittagessen Zeit verloren hatte, hatte er die letzten Briefe, es waren nur noch wenige, erst ordnen und zu einem Stapel zusammenlegen können, als es dunkel geworden war. Selma Bruhns war am Nachmittag in immer kürzeren Abständen gekommen und hatte ihm die Briefe abgenommen. Sie hatte in der geöffneten Tür der Kammer gestanden, und Markus hatte ihre Ungeduld in ihrem Schweigen gespürt, mit der sie gewartet hatte, bis er sich erhoben und ihr die Briefstapel in die Hände gelegt hatte. Er war ihr nicht in den Hof gefolgt, hatte aber, als er weiterarbeitete, das Gefühl, er könnte hören, was sie im Hof tat, könnte das Anstreichen des Streichholzes hören und dann, wenn das brennende Hölzchen auf das Papier gefallen war, das Auflodern der Flammen. Als sie die letzten Briefe holte, sagte sie, nachdem sie den Nachmittag über geschwiegen hatte, er solle in der Diele auf sie warten. Markus blickte, als sie ihn allein gelassen hatte, auf die drei Kisten, als müßte er sich vergewissern, daß sie tatsächlich leer und alle Briefe von den Flammen zerstört worden waren. Er zögerte, die Kammer zu verlassen, lauschte auf die Geräusche aus dem oberen Stockwerk, bückte sich und hob seine Tasche vom Boden auf, die er neben der Tür an die Wand gelehnt hatte. Nachdem er das Licht gelöscht hatte, verließ er die Kammer. Er ging durch die Diele zur

Haustür, öffnete sie und trat hinaus. Die Dunkelheit überraschte ihn. Als er die Umrisse der Büsche und den Weg zur Pforte erkennen konnte, spürte er, wie vertraut ihm der Garten geworden war. Die Vorstellung, morgen nicht wieder hierherzukommen, nicht wieder in der Kammer zu hocken und ihre Briefe zu ordnen, kam ihm unwirklich vor. Als er in die Diele zurückging, wartete sie auf ihn.

»Wir müssen abrechnen, Herr Hauser.«

Markus erwartete, sie würde aus der Tasche ihres Kleides das Portemonnaie herausziehen und ihm, wie in den Tagen vorher, sein Geld in der Diele geben. Aber Selma Bruhns ging auf die Tür ihres Zimmers zu und öffnete sie.

»Kommen Sie«, sagte sie.

Markus sah durch die offene Tür wieder das Sofa unter dem Lichtkegel der Stehlampe. Er betrat den Raum. Selma Bruhns schloß die Tür. Ohne ein Wort der Erklärung, ging sie zu dem Lehnstuhl und setzte sich. Sie schlug die Beine übereinander, griff in die Seitentasche ihres Kleides, holte nicht ihr Portemonnaie, sondern ihre Zigaretten heraus und zündete sich eine an.

»Öffnen Sie die oberste Schublade«, sie deutete auf die rechts der Tür stehende Kommode, »dort liegt ein weißer Seidenschal. Bringen Sie ihn mir.«

Markus befolgte ihren Befehl. Sie hatte ihn nicht gebeten. Er öffnete die Schublade, nahm den Schal heraus und schloß die Schublade wieder. Er brachte ihr den Schal, den sie ihm abnahm und zweimal um ihren Hals schlang.

»Bevor Sie sich setzen, öffnen Sie den Koffer«, sagte sie.

Der Aktenkoffer lag auf dem Tisch. Es war der Koffer, den er gekauft hatte. Die Scharniere sprangen auf, als Markus die Verriegelungen zur Seite schob. Er hob den Deckel und blickte auf die Geldscheine, die den Koffer zur Hälfte füllten.

»Wie können Sie so viel Geld zu Hause aufbewahren«, sagte Markus laut, als hätte ihn der Anblick des Geldes erschreckt.

»Es sind hundertzwanzigtausend Mark«, sagte Selma Bruhns, »und es kann Ihnen gehören.«

Markus schlug den Deckel des Koffers wieder zu. Obwohl er ihre Worte gehört und auch verstanden hatte, weigerte er sich, sich auf sie einzulassen, und schwieg. Ohne auf ihre Aufforderung zu warten, setzte er sich ihr gegenüber in den Sessel, neben dem die Heizsonne stand.

»Erinnern Sie sich an das Spiel, das wir gestern gespielt haben?«

Sie zog die Schublade des Tisches auf, der zwischen ihnen stand, griff hinein und holte ein Kartenspiel heraus. Sie nahm die Karten aus ihrer Papphülle und legte sie auf den Tisch.

»Wir spielen es heute noch einmal«, sagte sie,

wieder begann sie schneller zu sprechen, »aber dieses Mal spielen wir um einen Einsatz.«

Markus sah, wie sie ihre Hände im Schoß aneinander rieb, die Finger ineinander verknotete und wieder löste, sah ihr Gesicht, das angespannt war, als würde sie ungeduldig auf seine Antwort warten, und zugleich einen abwesenden Ausdruck hatte.

»Was ist mein Einsatz«, sagte Markus.

»Wir ziehen wieder jeder drei Karten«, sagte sie, ohne auf Markus' Worte zu achten, »der, der zwei höhere Karten zieht, hat gewonnen.«

»Was ist mein Einsatz?«

Markus wiederholte seine Worte. Er wußte, daß alles, was noch geschehen würde, und er war jetzt überzeugt, daß sie etwas mit ihm vorhatte, auf das er vielleicht schon seit sechs Tagen gewartet hatte, von der Antwort auf seine Frage abhing.

»Gewinnen Sie, gehört das Geld Ihnen.«

»Was ist mein Einsatz«, sagte Markus zum dritten Mal.

»Gewinne ich, gehört das Geld auch Ihnen, da ich es nicht mehr brauche.«

Markus wiederholte noch einmal seine Worte.

»Was ist mein Einsatz?«

Selma Bruhns antwortete nicht sofort, statt dessen nahm sie die Karten, begann, sie zu mischen und in zwei gleich große Stapel aufzuteilen.

»Gewinne ich, müssen Sie mir beim Sterben helfen.«

Markus erschrak nicht, als hätte er ihre Worte erwartet.

»Nein«, sagte er. Er spürte, daß sie ihn ansah, und als wäre er es ihr schuldig, hob er den Kopf und erwiderte ihren Blick. Er sah ihr Lächeln, das ihn mehr erschreckte als ihre Worte.

»Es ist ganz leicht. Sie brauchen nur den Schal zusammenzuziehen.«

»Nein.«

Mit einer heftigen Bewegung stand sie auf, ging zur Tür, als wollte sie sie öffnen und Markus aus dem Zimmer weisen. Sie wandte ihm den Rücken zu.

»Sie werden nie ein Schriftsteller«, hörte er sie sagen, »Sie haben zu viele Skrupel. Ich weiß, wovon ich spreche. Ich schreibe seit vierzig Jahren. Auch wenn es nur Briefe waren.«

Vielleicht, weil sie von den Briefen gesprochen hatte, die er für sie geordnet hatte, ohne zu wissen, daß sie sie geschrieben hatte, stand er auf, machte aber keinen Schritt auf sie zu.

»Warum«, sagte er nur.

Sie standen sich gegenüber, Selma Bruhns gerade aufgerichtet, ihr Blick ging an Markus vorbei auf die Wand. Sie bewegte sich zuerst, trat auf Markus zu und legte ihre Hand auf seine Wange, für einen Augenblick, der so kurz war, daß Markus, als sie an ihm vorbeiging und sich wieder in den Lehnstuhl setzte, nicht mehr sicher war, ob er sich getäuscht hatte. Als sie immer noch schwieg und Markus nicht wußte, ob ihr Schweigen die Aufforderung war, er sollte sich wieder setzen oder aber sie allein lassen, drehte er sich zu ihr um und sagte es noch einmal.

»Warum?«

Selma Bruhns beugte sich nach vorn, zog den Hocker, der unter dem Tisch stand, hervor, stellte ihn neben sich, nahm den Aktenkoffer von der Tischplatte und legte ihn neben den Hocker auf den Boden. Obwohl sie immer noch kein Wort gesagt hatte, verstand Markus, was sie von ihm erwartete. Er ging zu ihr und setzte sich auf den Hocker. Er sah ihre Knie, mager und spitz unter dem Kleid, er sah ihre Hände, sah die weiße Haut und die braunen Flecke darauf. Als er endlich seinen Blick hob, sah er ihr Gesicht. Sie hatte die Augen geschlossen.

»Ich will Ihnen von einem Spiel erzählen, das man nur in Deutschland spielen konnte«, sagte sie, »Sie sind der erste Deutsche, dem ich davon berichte.«

Jetzt öffnete sie die Augen. Markus blickte wieder auf ihre Hände.

»Es war Krieg, und wir waren zwei. Almut und Selma. Und es gab einen Paß, der die brasilianische Staatsbürgerschaft garantierte. Da Almut und Selma Kinder jüdischer Eltern waren, bedeutete der

Paß das Leben. Er war auf Almut Bruhns ausgestellt, aber da die Schwestern Zwillinge waren und sich zum Verwechseln ähnlich sahen, konnte jede von ihnen den Paß benutzen.«

Ihre Hände bewegten sich, strichen über den Stoff der Armlehne.

»Ich weiß nicht mehr, wer den Vorschlag machte, Almut oder Selma. Sie saßen im Park, auf einer Bank, auf der sie als jüdische Kinder nicht sitzen durften, vor einem Tisch, der leer war. Es war Herbst und nicht mehr warm. Außer ihnen war niemand im Park, der sie stören konnte. Ich weiß nicht mehr, wer von uns das Kartenspiel auf den Tisch legte.«

Als sie nicht weitersprach und er, als würde er sie erst jetzt wahrnehmen, die Hitze der Heizsonne spürte, hörte er ihre Atemzüge, ruhig und regelmäßig.

»Almut nahm die Karten aus der Hülle. Sie mischte sie und teilte sie in zwei gleiche Stapel. Wir sollten jeder drei Karten ziehen. Wer die höchsten Karten hatte, sollte den Paß zur Flucht benutzen.«

Wieder begann sie schneller zu sprechen.

»Almut zog einen Buben. Ich zog eine Zehn. Ich atmete auf. Dann zog Almut eine Neun. Ich zog ein As. Verstehen Sie, Herr Hauser, was die letzte Karte bedeutete? Ich zog eine Acht. Ich war siegessicher. Almut zog eine Sieben. Ich hatte verloren.«

Als Markus das Haus von Selma Bruhns verließ und in der Dunkelheit durch den Vorgarten ging, fiel ein Platzregen herab, der so heftig war, daß Markus, noch bevor er sein Auto erreichte, durchnäßt wurde. Er hielt sich den Aktenkoffer über den Kopf und begann zu laufen.

»Ich habe einen Fehler gemacht«, hatte sie gesagt, nachdem sie beide lange stumm geblieben waren und nur die entfernten Geräusche der Tiere zu hören waren.

»Nehmen Sie den Koffer, und gehen Sie.«

Markus hatte sich nicht gerührt, und erst als sie in einem scharfen, unfreundlichen Ton ihre Worte wiederholt hatte, war er aufgestanden und hatte sie in ihrem Haus allein gelassen.

Als er in die Straße einbog, in der er wohnte, als er sofort einen Parkplatz fand, als er die Scheibenwischer abstellte, die immer noch über die Scheibe wischten, obwohl es schon lange aufgehört hatte zu regnen, und er den Motor abstellte, stieg er nicht sofort aus. Er blickte durch die Windschutzscheibe an den Häusern hoch und sah, daß die Fenster ihrer Wohnung erleuchtet waren. Christine war nach Hause gekommen. Er nahm seine Aktentasche vom Rücksitz, öffnete sie und holte das Notizbuch heraus. Er schlug es auf, griff nach dem Kugelschreiber und schrieb zwei Worte auf die erste Seite: *Warum ich.*